RECYCLER

RECYCLER

리사이클러

이기원
장편소설

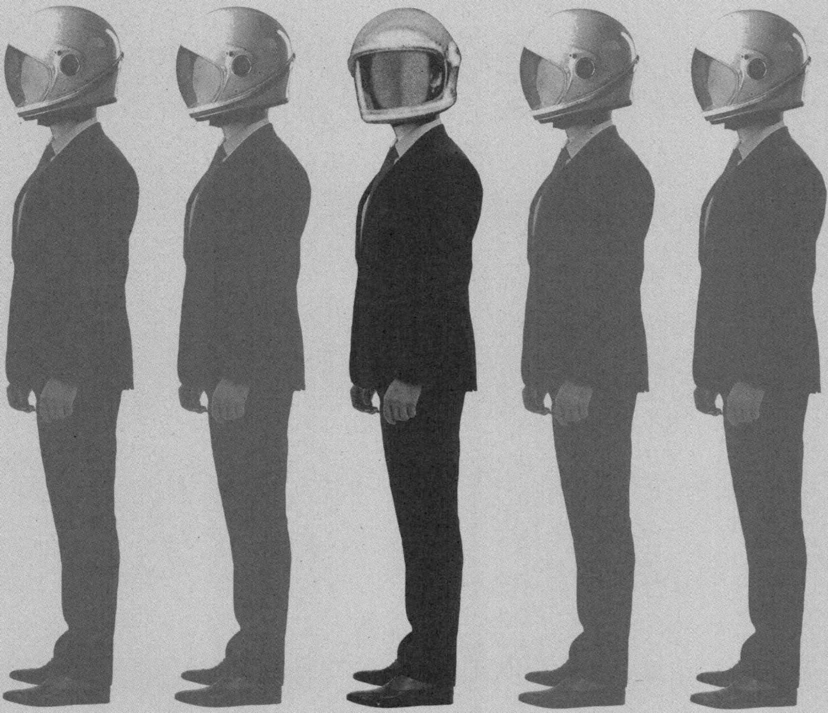

MIND MARK

차례

프롤로그

구 대한민국의 10대 기업으로 이루어진 연합체인 '전국기업인연합', 속칭 '전기련'은 지구상에서 유일하게 살아남은 도시인 서울의 통치권을 넘겨받았다. 그 후, 서울이란 도시의 이름은 물론 모든 것이 기업의 논리와 언어대로 재정립되는 것은 당연했다. 도시의 새로운 이름은 '뉴소울시티'였다.

뉴소울시티를 장악한 전기련의 도시 운영 기조는 극단적인 효율성과 생산성이었다. 안전은 그들의 고려 사항이 아니었다.

여덟 개의 구역으로 나뉘어 있던 뉴소울시티는 극심한 빈부격차가 벌어지면서 1구역과 2구역, 이렇게 두 구역으로만 나뉘게 되었다. 두 구역 사이에는 장벽이 세워졌다.

장벽은 빈부의 격차만큼이나 날이 갈수록 높아졌다. 의학 기술의 눈부신 발전으로 죽음 없는 영생을 얻게 된 1구역은 찬란하게 번영했고, 2구역은 전기련과 뉴소울시티의 존속을 위한 부속품으로 전락하면서 어두운 운명의 굴레만이 반복되는 황폐한 지역이 되어갔다.

한편 전기련은 뉴소울시티 내에 벌어지는 응급 상황에 대응하기 위해 비상 대응 특수팀(Emergency Response Task-force Team)을 만들었다. 사람들은 그것을 줄여서 '에르트ERTT'라 불렀다. 에르트의 복무 강령을 보면 '비상 대응'이라는 단어가 무엇을 의미하는지, 에르트가 무엇을 위해 존재하는지 알 수 있었다.

첫째, 우리는 전기련을 완벽하게 보위한다.
둘째, 우리는 전기련의 자산을 보호한다.
셋째, 우리는 전기련의 지시에 복종한다.

에르트의 출동 목적은 1구역과 1구역의 거주자들을 지키는 것이었다. 도시의 모든 시스템은 1구역을 위해서만 존재하는 것 같았다. 아이러니한 것은 1구역 시스템은 거의 완벽했기에 비상 상황이 발생하는 경우 자체가 드물었고 오히려 시스템이 낙후된 2구역에서 이런 상황들이 빈

번하게 발생했다는 점이다. 그러나 특별한 상황이 아니라면 2구역에서는 화재나 붕괴, 폭발 같은 위험한 상황이 발생해도 출동하지 않는 것이 원칙이었다. 그렇기에 2구역에서는 대부분의 비상 상황에서 인명 사고도 함께 일어났다.

에르트가 2구역으로 출동하는 경우는 전기련의 자산이나 인력 손실이 포함되는 상황이었다. 전기련의 인력에는 연구원이나 기술자 들도 포함되었지만, 에르트 직원들은 속해 있지 않았다.

1장

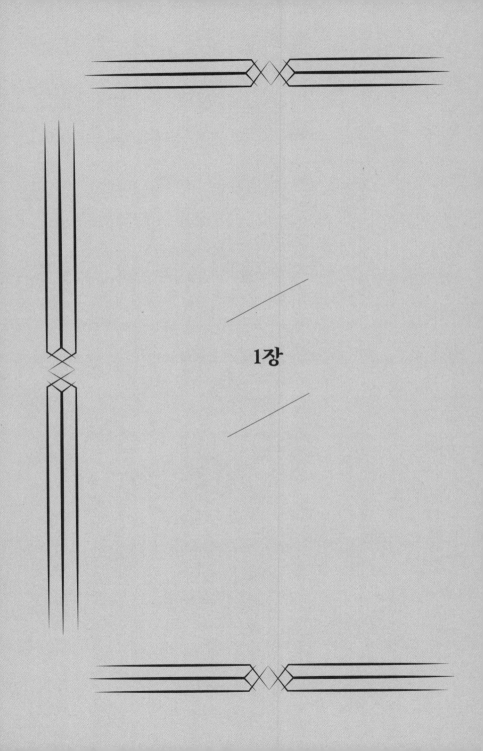

15센티미터에 달린 인생

고약한 악몽에서 깨어나야 한다. 우리의 운명에 코뚜레를 달아 끌고 가는 착취의 컨베이어 벨트라는 악몽 말이다.

-아바리치아 95년. 콜필드 선언문 중에서

동운이 진료실 안에 들어서자마자 받은 느낌은 온몸이 바싹 마를 것 같은 건조함이었다. 낡아 빠진 나무 책상, 연식이 한참이 지난 구형 모니터 패널, 퀴퀴한 물비린내를 내뿜는 에어컨까지. 내부 벽면에 칠한 흰 페인트는 메마른 논바닥처럼 갈라져 있었고, 그 사이로 곰팡이 자국이 속살을 드러내고 있었다. 새삼스러운 모습은 아니었다. 병원, 카페, 식료품점, 심지어 아파트까지 2구역의 모든 시설은 비슷한 모습이었다.

2구역에 존재하는 모든 것은 스스로 생존해야 했다. 그들이 유일하게 생존할 수 있는 길은 1구역에 기생하듯 복종하는 것뿐이었다. 지금 동운 앞에 앉아서 심드렁하게 모니터 패널을 들여다보며 하품을 하는 재수 없는 의사도 1구역의 지시에 충실한 톱니바퀴일 뿐이었다.

동운은 잘 떼어지지 않는 입술을 힘겹게 열었다.

"얼마나 남았죠?"

자신의 운명에 관해 물어본 건 그래도 혹시나 하는 마음에서였다. 귀찮은 내색을 감추려는 듯 의사는 손가락으로 수염을 문지르며 천장을 올려다보았다. 입술을 비죽 내미는 게 짐짓 있지도 않은 의사로서의 권위를 드러내려는 것 같았다.

"글쎄요. 길어야 6개월?"

무뚝뚝하게 대답한 의사는 병의 진행 경과에 따라 3개월이 될 수도 있다고 했다. 이어서 의사는 머그컵에 담긴 커피를 한 모금 마셨다. 아무리 남의 일이라지만 지나치게 사무적인 말투가 영 마음에 들지 않았다. 대수롭지 않다는 듯한 저 뻔뻔한 면상에 그가 마시던 커피를 뿌리고 싶은 충동이 일었다. 뭔가 조치를 취해줘야 하는 것 아닌가? 아바리치아 시대가 되고 의사의 직업적 가치가 제아무리 단순한 기술직 정도로 추락했다고 해도, 타인의 인생이 걸려 있다.

그럼에도 의사는 동운의 눈빛 따위는 전혀 신경 쓰지 않았다. 그렇지 않고서야 동운의 운명을 움켜쥔 췌장암에 관해 설명하면서, 췌장암의 고통이 벽을 긁다가 손톱이 나가는 줄도 모를 정도로 극심하다는 불필요한 설명을 덧붙이지는 않을 것이다. 췌장암 4기. 동운에겐 조롱처럼 들렸다. 고통은 때론 경험보다 상상이 더 견디기 힘들기도 하다.

15센티미터. 얇디얇은 복막에 붙어 있는 지방 덩어리와 분간도 안 될 정도로 보잘것없는 생김새. 행여나 잘못 건드렸다간 순식간에 바스러질 유약하고도 예민한 췌장이란 놈이 동운의 삶을 잠식하게 된 건 일 년 전쯤이었다.

그즈음 업무 스트레스가 쌓인 동운은 매일 밤 자극적인 양념이 범벅된 레토르트 음식을 서너 개씩 먹어 치웠다. 싸구려 맥주를 곁들이는 건 덤이었다. 아침에 일어나면 입안은 말라서 푸석푸석했고, 더부룩함과 숙취 때문에 피로감과 두통이 심했다. 그럴 때마다 동운은 순도가 낮은 2구역 전용 각성제를 먹었다. 그렇지 않으면 제시간에 출근하기가 힘들었다. 악순환은 계속되었고 살이 많이 쪘다. 2구역에 사는 이들은 누구나 겪는 일이라 생각하며 넘겼다. 그러다 얼마 후부터는 살이 빠지기 시작했다. 그렇게 급속도로 체중이 빠진 건 처음이었다. 살이 빠진 동운은 이유도 모른 채, 살이 쪄서 못 입게 됐던 옷을 다시 입을 수 있어 오히려 좋다고 생각했다.

대수롭지 않게 생각했던 일에 심각성을 느끼게 된 계기는 우연이었다. 에르트에서 일하던 동운은 그날도 화재 현장으로 출동했다. 전기련 내 제약 부문에 강점이 있던 아레스 산하 제2공장에 도착했을 때, 불은 나름 잡혀 가던 중이었다. 동운과 팀원들은 헬기를 타고 아직 불길이 닿지 않은 공장 지붕으로 접근했다. 피어오르는 검은 연기 사이로 지붕 위에서 대피 중이던 사람들이 보였다. 그중 몇몇은 하얀 가운을 입고 있는 것으로 보아 1구역에서 파견 나온 연구개발자들 같았다. 출동의 이유가 바로 그들 때문이었음을 짐작할 수 있었다.

조종간을 잡고 있던 동운은 헬기의 자동조종장치를 켰다. 동운의 헬기는 같이 출동한 헬기들과 마찬가지로 공장 꼭대기 상공에서 안정적으로 호버링*했다. 자동 운전 버튼을 눌러 헬기를 호버링 시켜놓고 동운도 대피자들이 있는 곳으로 로프 하강을 했다. 에르트 소속 모든 팀원은 현장 투입 임무도 병행해야 했기에 동운은 조종사임에도 같이 현장에 뛰어들었다. 인력 남용을 막고 다방면으로 능력을 갖추게 한다는 명분이었지만, 결국 비용 절감이 속내였다.

그런데 그때, 재료 창고에 있던 화학 물질에 불이 옮겨 붙었다. 에르트 팀원들과 리사이클러들은 로프를 이용해 연구개발자들을 구조 헬기로 서둘러 끌어올렸다. 출발 직

* 헬기가 공중에서 정지 비행을 하는 것.

전 열기와 소란스러움이 뒤섞이자 동운은 어지러움을 느꼈다. 출근 전부터 미열이 있고 몸이 좋지 않았는데 증세가 더 심해진 것이다. 다리에 힘이 풀리며 중심을 잃고 넘어진 동운의 시야가 흐릿해졌다. 검은 연기와 구조해야 할 사람들의 모습이 혼란스럽게 뒤섞여 보였다. 다행히 동료들의 도움을 받아 간신히 다시 헬기에 올랐다. 물을 한 모금 마신 동운은 다시 조종간을 잡았고 조금은 진정되는 듯싶었다. 그렇지만 계속해서 식은땀이 뒷덜미를 타고 흘렀다.

에르트 헬기들이 현장을 벗어나 상공을 비행하며 안정권에 접어들었다. 그제야 동운은 안도의 숨을 내쉬었다. 그런데 하얀 가운을 입은 연구원 한 명이 옆으로 다가와 동운의 눈과 얼굴을 유심히 살피더니 말을 걸었다.

"혹시, 최근에 갑자기 살이 빠지지 않았나요?"

자신을 전직 외과의라고 소개한 그는 조심스레 이것저것 물었다. 등은 아프지 않은지, 살은 얼마나 빠졌는지, 대변의 형태는 어떤지, 최근 들어 피로감을 자주 느끼는지 등등. 구조 현장에서 만난 1구역 거주자들은 에르트 직원들을 마치 아랫사람 부리듯이 구는 게 대부분이라 그런 모습은 이례적이었다. 동운은 예의를 갖추어 대답했다.

그런데 친근하게 대화를 나누던 그가 짧은 한숨을 내쉬었다. 동운은 그 순간 뭔지 모를 불길함을 느꼈다. 그는 조심스럽게 말을 꺼냈다. 동운의 얼굴에 황달기가 있으며, 증상을 들어보니 아무래도 췌장에 문제가 있어 보인다고 했다.

"검사를 받아보는 게 좋을 것 같은데요."

"많이 심각합니까?"

"저도 거기까지는……."

말끝을 흐린 그는 씁쓸한 미소를 지어 보였다.

그의 권유대로 동운은 건강 검진을 신청했다. 하지만 한참을 기다려야 했다. 에르트 직원들은 일 년에 네 번 정기 검진을 받았지만 그것은 인력의 공백을 없애기 위해 사전에 교체하기 위함이었으므로 치료는 뒤따르지 않았다. 질병 정보 고지나 치료비 지원도 없었다. 건강에 문제가 생기면 바로 해고 절차가 진행되었다. 해고는 서비스 해지*와 별반 다르지 않았다. 건강에 문제 있는 사람을 다른 직장에서도 받아줄리 만무했기 때문이다. 그렇기에 그 누구도 정기 검사에서 이상 소견이 나오지 않기를 바랐다.

2구역 의료 시설은 낙후되어 있었고 거주자 수에 비해 턱없이 부족했다. 진료 비용도 만만치 않게 비쌌다. 게다

* 전기련은 모든 거주자를 전기련의 서비스를 받는 '고객'으로 본다. 따라서 '서비스 해지'란 뉴소울시티에서의 생존 자격 박탈을 의미했다. 박탈 방식은 도시 밖으로 추방되거나 노역으로 대체하는 등 다양했으나 그 결과는 오로지 죽음으로 귀결되었다.

가 2구역 의사들은 1구역 의료계 인력보다 실력도, 수준도 떨어졌다. 의사로서의 책무나 사명감도 없었다. 그들도 2구역 거주자지만 의사라는 위치만 지키고 있어도 웬만한 2구역 노동자들보다는 급여가 괜찮았기에 굳이 사명감이나 의욕을 드러낼 필요가 없었다. 물론 수술 도구나 장비도 열악해서 그들에게 어떠한 형태의 의료적 해결을 바라는 것조차도 힘들었다.

지루한 기다림 끝에 동운은 간신히 개별 건강 검진을 받을 수 있었다. 결과는 췌장암이었다. 이미 초기를 지난 후였다.

동운에게 암 판정을 내린 의사의 말투는 기계적이었다. 그것이 더 동운을 암울하게 했다. 세상 모든 비극을 다 뒤집어쓴 것 같은데 이 비극을 온전히 혼자서 감내해야만 하는 외로움까지 몰려왔다. 그런 동운에게 의사가 내민 해결책은 갈색 유리병에 담겨 있는 항암제였다. 세월에 바랜 라벨은 유통기한 표기조차 지워져 있었다. 고작 이거라니. 수술은 기대할 수도 없었다.

의사가 일러준 복용법에 따라 동운은 열 달 동안 항암제를 투여하며 버텼다. 머리털이 빠졌고 시시때때로 화장실로 뛰어가 구토를 해댔다. 체중은 하루가 다르게 줄었고 매일 거울에서 핏기 없는 얼굴을 보는 게 일상이었다. 어지러움과 밀려오는 고통에 밥도 제대로 먹기 힘들었다. 온몸이 아프고 쑤셨다. 가끔은 고통이 너무 심해 헬기에서 뛰어내리고 싶을 때도 있었다. 그럼에도 동운은 살고 싶어서 약을 먹고 일을 했다. 일을 쉴 수도 없었다. 뉴소울시티의 모든 조직은 오직 노동을 한 시간만큼만 급여를 지급했기에 휴가는 꿈도 꿀 수 없었다.

재검진을 받기까지 열 달이나 걸렸다. 열 달 후, 드디어 이 자리까지 왔으나 결과는 동운의 바람과는 반대였다. 지독한 암은 더욱 심각해져 있었다. 의사는 더이상 항암제도 소용없을 거라고 했다. 동운은 답을 이미 알았지만, 혹시라도 수술이 가능한지 물었다.

"여차저차 시도해볼 수는 있겠죠. 근데 결과는 바뀌지 않을 겁니다. 오히려 시간을 더 앞당길 수도 있어요."

의사는 코웃음을 치는 것 같았다. 틀린 말은 아니었다. 만약 인공지능 시대였다면 어땠을까. 인공지능 의사 로봇이 있었다면, 저렇게 무능력한 의사가 수술을 맡을 일은 없었을 것이다.

어렸을 때부터 지겹도록 들었다. 동운이 어릴 적 살던 집 근처에는 늦은 저녁마다 꼬질꼬질한 모자를 눌러쓰고 때 묻은 작업복을 입은 공장 근로자들이 삼삼오오 모이는 술집이 있었다. 지금은 모두 사라졌다. 무엇보다 일상에서 숨을 쉴 여유 자체가 사라졌기 때문이다. 그런 뒷골목 술집에선 2구역 공장 뒷구멍으로 빼돌린 알코올로 만든 발효주를 만들어 팔았는데, 얼마 되지 않는 분각*으로도 한 병 정도는 마실 수 있었다. 동운의 아버지도, 할아버지도 다 그 술집의 단골들이었다. 그곳에서 술을 마시다가 취기가 오르면 과거 이야기를 꺼내며 현재에 대한 불만들을 토하곤 했다. 웃기는 건 그들 중에 정작 인공지능 시대의 끝물조차 맛본 사람은 없었다는 것이다. 그들도 전해 들은 이야기였다. 완벽하게 공정한 판관이 존재했고 모두가 평등했던 시대, 쾌락도 공평하게 분배되고 인간의 모든 노고를 인공지능이 완벽하게 대체하던 태평성대. 돌발 사고만 아니라면 질병의 고통도 문제 될 게 없었던 세상. 집에 온 동운의 아버지는 술에 절어 비틀거리면서 동운에게 늘 그런 세상에서 살고 싶다고 말하곤 했다. 동운은 그때 들었던 내용들 중에서 완벽한 의료 기술을 탑재했다던 로봇 닥터 '루크17'을 떠올렸다. 신화 속에 등장하는 존재와 같았지만 동운의 머릿속에 자꾸 맴돌았다. 살고 싶다는 간절한 욕망이 허황한 옛이야기조차 진짜처럼 믿게 하는 것 같았다.

* 뉴소울시티의 화폐 단위로 시간의 단위인 분과 초에서 따왔다.

최종 선고를 받은 동운은 아무렇지 않은 척 자리에서 일어났다. 돌팔이 의사에게서 느낀 조롱에 대한 최소한의 저항이었다. 그럼에도 동운은 지푸라기라도 잡고 싶었다.

"그러니까, 더이상 방법이 없다는 말이죠?"

동운은 태연한 척 지나가는 말처럼 던졌다. 살고 싶다는 본능은 사람을 참으로 초라하게 만든다.

"아예 없는 건 아니죠."

"네? 그럼……."

"움직이는 것도 살아 있는 것으로 본다면 말이죠."

동운의 진료 기록 창을 끄던 의사는 다음 환자의 기록을 켜면서 답했다.

순간 동운은 어금니를 꽉 깨물었다. 지금 나한테 리사이클러가 되라는 거야? 위로인지 조롱인지 알 수 없었다. 오늘 들었던 말 중에 가장 울컥한 말이었다. 동운은 분노에 찬 눈으로 의사를 노려보았다.

"아니, 그럴 수도 있다는 거죠. 어떤 의미에선 그것도 살아 있는 거잖아요. 죽는 것보다는 그래도 낫지 않겠습니까?"

의사는 어깨를 으쓱거렸다. 그러면서 도시 밖 악취가 나는 강물에 육체가 버려지는 걸 3년 정도 유예하는 것이 심적으로 나을 수도 있다는 뉘앙스의 말도 덧붙였다. 뭐라 반박할 수 없었던 동운은 신경질적으로 진료실 문을 박차고 나갔다.

코를 찌르는 의료용 알코올 냄새를 뒤로한 채 수납 창구에 다가갔다. 푸석푸석한 머리를 하나로 묶은 여직원이 앉아 있었다.

"800분각입니다."

열 달 전보다 50분각이나 올랐다니. 동운이 한 달 동안 하루도 쉬지 않고 일했을 때 받을 수 있는 급여는 600분각이다. 동운이 가만히 있자 창구 직원은 동운을 흘끗 보며 몇 개월로 분할 납부할 것인지 퉁명스럽게 물었다.

"12개월로 해주세요."

그러나 창구 직원은 고개를 저었다.

"할부 기간은 예상 생존 기간 이상으로 설정할 수 없어요."

여직원은 뉴소울시티 약관 조항을 읽어주었다. 의사가 벌써 동운의 예상 생존 기간을 전달한 모양이었다. 동운은 양 주먹을 꽉 쥐었다. 그러고는 어쩔 수 없이 6개월로 하겠다고 했다. 직경 15센티미터 정도 되는 은색 원형 호패기 위에 힘없이 손을 올리자, 창구 모니터 패널에 숫자가 표시되었다.

700분각. 동운이 가진 전부였다. 거기서 대략 이자까지 포함된 900분각에 달하는 진료비의 금액을 분할 납부하자 숫자는 550으로 바뀌었다. 동운은 진통제를 받아 들고 흐느적거리는 걸음으로 의료센터를 나섰다.

길가로 나오자 진갈색으로 녹슨 공장들과 무채색 건물들이 빼곡한 2구역의 전경이 눈에 들어왔다. 공장에서 울려오는 특유의 기계음과 도로 위를 분주하게 오가는 중장비 차량의 엔진 소리가 뒤섞인 소음이 오늘따라 시끄러웠다. 동운은 미간을 찌푸렸다.

또 복부에 통증이 일었다. 진통제 한 알을 털어 넣고 우걱우걱 삼키며 소울트로*를 타기 위해 역사로 걸어갔다. 집에 가고 싶었지만 직장으로 다시 돌아가야 했다.

플랫폼 위로 열기를 품은 바람이 불었다. 봄이 끝나가고 있었다. 시끄러운 알림 소리와 함께 소울트로가 들어오자 동운의 머리카락이 사정없이 휘날렸다. 그때, 종이 하나가 날려 동운의 발밑에 떨어졌다.

선언문이었다. 틈 사이로 올라오는 마그마처럼 도시 밑에서는 저항의 불씨가 싹트고 있었다. 암암리에 움직이는 그들은 점차 전기련의 주요 감시 대상이 되어가고 있었다. 그러나 이들의 외침도 동운에겐 아무 의미가 없었다. 덮쳐오는 거대한 해일에 도망치는 건 오직 산 자들뿐이니까.

* 2구역에서 운행하는 지상 전동 열차.

이윽고 소울트로가 플랫폼에 멈춰 섰다. 객차 문이 열리고 그 사이로 시큼한 냄새가 흘러나왔다. 안으로 들어서자 보이는 자리들은 이미 다 차 있었다. 동운은 반대편 문 쪽에 다가가 기대어 섰다. 에어컨도 나오지 않는 객차는 지치고 초점을 잃은 눈빛들로 가득했다.

인공지능 판사였던 '저스티스-44'의 시대가 저물자 전기련은 돌연 고리대금업자가 되어버렸다. 그들의 기술 덕분에 뉴소울시티 사람들이 종말을 피해 살아남을 수 있었던 건 부인할 수 없는 사실이다. 그때까지만 해도 전기련은 더 나은 세상을 위한 신념을 가진 집단으로 보였다. 전기련은 천문학적인 금액에 대한민국을 인수했고, 이곳을 전세계가 빠진 종말의 늪에서 살아남기 위한 유일한 벙커로 만들었다. 사람들에게 전기련은 지구에 남은 유일한 방주이자 구원자였고, 사람들은 전기련을 전적으로 신뢰할 수밖에 없었다. 그러나 그들의 행동은 기업의 논리에 충실한 행동일 뿐이었다는 걸 뒤늦게 깨달았다. 그들은 종말에서 구원하는 서비스를 제공했고, 사람들은 그에 대한 대가를 치러야 했다.

그러다 이러한 명제가 깨지게 된 변수가 있었다. 바로 영생永生이었다. 영생은 전기련의 의장사인 아바리치아의 회장 류신의 집착이 이뤄낸 성과이자 의학 기술이 이룰 수 있는 최고의 경지였다. 영생이란 건 전기련을 위시한 1구역 거주자들에게 절대적 우월감을 주었고, 2구역 거주자들에게는 그들이 더이상 종말의 방주에 함께 탄 승객이 아니라 노를 저어야 하는 노예이자 무임 승선을 한 자들이라는 걸 일깨워주었다. 이후 전기련은 노예들을 장악하기 위한 정책을 실행했다.

'거짓 정보와 잘못된 지식은 악의 근원'이라는 슬로건 아래 지식과 정보를 전하는 모든 매체를 죄악시하는 사회적 분위기를 만들어냈다. 가정에서부터 일터에까지 글로 이루어진 책이나 간행물, 그러한 것들을 다루는 디지털 기기들은 모두 압수되고 파기되었다. 개개인에게 지급되었던 디지털 기기도 모두 폐기되고 생산이 금지되었다. 이러한 전략은 전기련 산하 치안을 담당하는 고객 서비스팀이 실행했다. 실행에 앞장섰던 그들조차 사회 분위기가 이렇게 되리라고 예상치 못했을 것이다. 오직 이 전략을 만든 '그'를 제외하고는. 그렇게 전기련은 정책에 동조하고 솔선수범하는 이들에게 많은 분각과 이례적인 승진을 약속했다.

그게 끝이 아니었다. 2구역 거주자들을 우매한 존재로 만들려던 전기련은 또 다른 계획을 실행했다. 그들이 사람들에게 내민 건 청구서였다. 종말에서 살아남게 해준 대

가. 노동도 기술도 없이 인공지능에 기대어 살았던 대가. 그 대가들을 계산할 때마다 물가는 가파르게 올랐고, 그에 대한 반비례로 임금은 곤두박질쳤다. 이를 지불하기 위해서는 죽음보다 오늘의 삶을 걱정해야 할 정도로.

죽음이 사라지니 종교도 사라져 갔다. 영생은 사후 세계를 무의 공간으로 만들었다. 메시아의 부활이 필요 없었다. 열반에 들 필요도 없었다. 젖과 꿀이 흐르는 땅은 죽음 너머가 아닌 장벽 너머에 있었다. 영원한 삶을 보장하는 낙원이 바로 눈앞에 존재했고, 허락되지 않은 자의 마지막 도착지는 소울트로 창밖으로 보이는 저 시커먼 폐수의 강이었다.

통증이 다시 심해지기 시작했다. 동운은 진통제를 또 하나 꺼내 먹었다. 이렇게 먹다간 며칠 지나지 않아 진통제도 바닥날 것이다. 그러다가 결국에는 폐수의 강에 버려지겠지. 동운의 머릿속에 재수 없는 의사의 말이 떠올랐다. "어떤 의미에선 그것도 살아 있는 거잖아요. 죽는 것보다는 그래도 낫지 않겠습니까?" 리사이클러라니, 정말 그것밖에 없는 걸까. 하지만 리사이클러가 되는 것은 죽기보다 싫었다.

객차 내부 선반 옆으로 보이는 모니터 패널에서 리사이클러 모집 광고가 나오고 있었다. 전기련의 홍보팀이 만든 광고였다. 새로운 삶을 살 수 있다고 했다. 유족에게는 많은 분각을 지급하겠다고 약속하고 있었다. 말끔한 슈트를 입은 리사이클러가 사람들과 어울려 일하는 모습이 나오고 있었다.

거짓말이다. 리사이클러는 또 다른 청구서나 다름없었다. 리사이클러가 된다는 것은 전기련에게 진 빚을 죽어서도 갚아 나가는 것을 의미했다. 죽음도 널 빚더미에서 구할 수 없다. 관짝에 들어간다 해도. 그래서인지 사람들은 리사이클러가 입는 옷을 커핀 슈트Coffin Suit라고 불렀다. 관복이라니, 이보다 더 적절한 명칭도 없을 것이다. 관은 죽은 자를 가두고 있다.

인공지능 시대가 끝났을 때 전기련은 뉴소울시티의 시스템을 전폭적으로 수정했다. 그 과정에서 인력이 부족해지자 고심하던 전기련은 때마침 생명 공학 기술의 마지막 조각을 찾아냈고, 전기련의 머리였던 전략기획실은 그 기술을 이용해 끔찍한 해결책을 내놓았다. 그것은 바로 리사이클러였다.

리사이클러는 단어 그대로 '재활용 인간'이란 뜻으로, 인간을 재활용하겠다는 취지로 만든 것이었다. 그들은 인간의 몸을 가지고 있었지만 뇌 속 칩에 프로그래밍된 매뉴얼대로만 움직이는 생체 로봇이었다. 기억이나 판단력, 감정이나 신경 반응은 전혀 없이 오직 관리자의 명령에만 따르는 로봇노예와 비슷했다.

전기련은 리사이클러를 유토피아에서 새로운 삶을 얻은 존재처럼 홍보하곤 했지만 그걸 곧이 믿는 사람은 아무도 없었다. 리사이클러를 만드는 재료도 채무자의 육체로 메꿔야 한다는 전기련의 노골적인 논리를 모두가 알고 있었다. 그래서 노동력에 도움이 되지 않는다고 판정받은 장애인, 시한부 환자, 뇌사자 등을 재료로 삼았다. '너의 뼈가 사라져도 채무는 사라지지 않는다'고 말하는 전기련의 압박에 그들은 어쩔 수 없이 리사이클러가 되는 것에 동의했다. 그것도 모자라 리사이클러 지원까지 받았다. 도시에서 살면서 지게 된 채무를 일부 탕감해주겠다는 조건이었다.

그렇게 탄생하게 된 리사이클러는 대부분 사람들이 꺼리는 위험한 업무를 떠맡았다. 주로 건설 현장에서 자재를 나르거나 외벽 설치, 송신탑 수리, 화재 현장에서의 인명 구조나 화재 진압, 도시 외곽에 흐르는 폐수의 강에서 벌이는 수중 작업, 용광로에서의 업무 같은 것들이었다.

리사이클러의 업무 배치는 해당 업무를 담당하는 근로자들이 직접 구매해서 업무를 맡기는 방식이었다. 때문에 근로자들은 자신의 안전과 업무 할당량 충족을 위해 리사이클러를 구매하지 않을 수 없었다.

에르트 본부 역사에 도착한 소울트로가 멈췄다. 역사를 나서자 앞에는 닭장처럼 촘촘한 창문이 달린 거대한 정육면체 건물이 서 있었다. 에르트 건물이었다.

그때였다. 하늘에서 무언가 우수수 떨어졌다. 선언문이었다. 종이에는 뉴소울시티가 만든 거짓에 속지 말고 진실을 보자는 내용과 함께, 그들이 키우는 개 돼지가 되지 말자고, 우리는 통조림이 아니라고 주장하는 글이 써 있었다.

"미친 새끼들. 지들도 겁나서 숨어 다니는 주제에."

동운은 짜증이 났다. 전기련이 주는 분각에 취해 자신의 육체가 썩어가는 것을 망각하는 멍청한 환자가 되지 말자는 마지막 문구가 특히 그랬다.

"개새끼들. 너희가 뭘 알아? 고통에 대해서 뭘 아냐고……."

저항, 동운에게는 그것 역시 사치처럼 느껴졌다.

2장

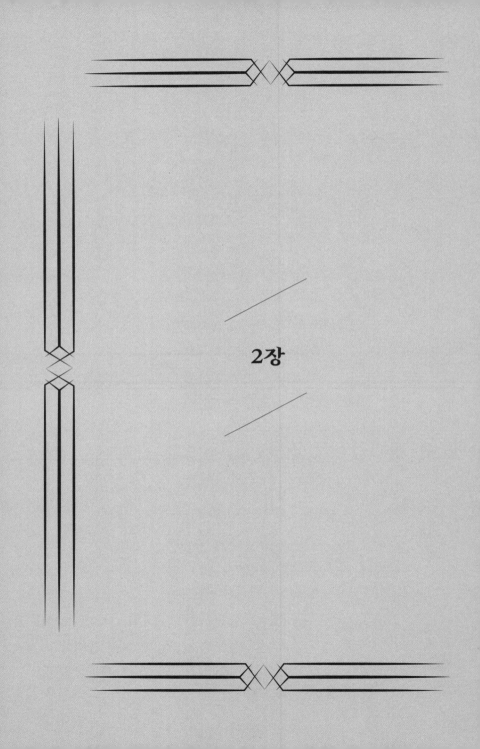

백골징포

백골징포白骨徵布 :

죽어서 백골이 된 사람에게도 군포軍布를 거둔다.

—비상! 2구역 토호 통신 센터 비상 상황 발생! 에르트 대응 3팀 출동!

동운이 에르트 본부 건물에 들어서고 몇 초 지나지 않았을 때 사이렌과 알림 방송이 나왔다. 사이렌 소리가 너무 커서 고막이 아플 정도였다. 동운은 화가 치밀어 올랐다. 출근하는 동안 심해진 통증에 신경이 곤두서다 보니 평소보다 더 예민해졌던 모양이다.

곧이어 갈색의 특수 방호복을 입은 팀원들이 9층 복도로 쏟아져 나와 투명 엘리베이터를 타고 옥상으로 올라갔다. 출동 명령을 받은 대응 3팀이었다. 그리고 3팀 팀원들과 뒤섞여 복도를 일사불란하게 움직이는 또 다른 존재들이 보였다. 리사이클러들이었다. 그들은 관절마다 보호구가 붙어 있는 검은색 슈트를 입고 머리 전체를 덮는 헬멧을 쓰고 있었다. 그들은 에르트 직원들이 타는 투명 엘리베이터가 아닌 녹슨 철망이 쳐진 큰 화물용 엘리베이터에 올라탔다. 마치 물건이 실리듯 화물용 엘리베이터 안에 빽빽하게 들어선 그들은 미동도 하지 않고 서 있었다.

대응 3팀이 옥상으로 사라지자 시끄럽던 사이렌 소리가 잠잠해졌다. 동운은 자신이 속한 대응 4팀이 있는 10층으로 가기 위해 투명 엘리베이터에 올랐다.

에르트 본사 건물은 층고가 높은 아파트의 20층 높이로, 긴 복도 끝엔 계단이 있었고, 그 복도를 따라 대응팀과 수습팀 사무실들이 배치되어 있었다. 위에서 내려다보면 뻥 뚫린 가운데 공간 위로 혈관처럼 복잡하게 얽혀 있는 사무실 모습이 보였다.

1층부터 6층까지는 수습 1팀부터 6팀이 있었고, 7층부터 12층까지는 대응 1팀부터 6팀까지 있었다. 이러한 배치에도 이유가 있었다. 대응팀은 신속한 출동을 위해 옥상에서 헬기를 타야 했고, 수습팀은 사고 수습이 임무였으므로 지하 주차장에 있는 전용 차량을 타고 출동했기 때문이다.

대응팀 전용 헬기 스물네 대는 에르트 본부 옥상에 있는 헬리포트 겸용 개폐식 격납고에 보관되어 있었다. 보통 건물에는 이착륙만 가능한 헬리포트가 설치되어 있거나 로프를 내릴 수 있는 공간 정도만 확보되어 있었지만, 에르트 건물의 옥상 면적은 헬기 스물네 대가 충분히 이착륙할 수 있을 만큼 넓었다. 게다가 개폐식 격납고는 화재 완전 차단을 위한 화재 대응 시스템도 갖추고 있었다.

10층에서 내린 동운은 사무실 쪽으로 터벅터벅 걸어갔다. 복도 한쪽에는 리사이클러 충전 부스가 있었다. 부스 안에는 검은 칠을 한 금속 충전 의자 네 개가 있었는데, 등받이 뒤쪽엔 산소통처럼 생긴 캔 두 개가 달려 있었다. 리사이클러들은 의자 팔걸이에 달린 바늘 같은 충전 젠더를 자신의 손목에 있는 에너지 투입구 장치에 결합해서 캔에 있는 영양분을 공급받을 수 있었다. 지금도 리사이클러 둘이 충전 중이었다.

"3유닛에 왔다는 게 이것들이군."

동운은 퉁명스럽게 혼잣말을 하고 '대응 4팀 2유닛'이란 명패가 붙은 사무실로 들어갔다. 다들 분주하게 무언가를 하고 있었다. 더러워진 갈색 특수 방호복을 박스에 담거나, 사무실 끝에 있는 샤워실로 들어가거나, 구호 장비를 정비하는 중이었다. 그리고 그들 옆에는 리사이클러들이 그들을 도와 물건을 나르거나 일을 하고 있었다.

욕설과 함께 리사이클러의 무릎을 걷어차고 가슴팍에 주먹을 날리는 직원도 있었다. 그가 그러는 정확한 이유는 알 수 없었지만, 직원들이 리사이클러에게 화를 내는 이유는 대부분 리사이클러가 현장에서 명령대로 제때 움직이지 않아서였다. 그래서 죽을 뻔하거나 큰 사고로 이어질 뻔했던 상황, 또는 자신이 책임을 모조리 뒤집어쓸 뻔한 경우가 있었기 때문이었다. 격해진 감정을 애꿎은 리사이클러에게 화풀이하는 일도 다반사였다. 그럼에도 리사이클러는 신음을 토하거나 통증을 호소하지 않았다. 그저 임무 수행을 위해 오류를 수정하겠다는 기계적 음성만 내뱉을 뿐이었다.

간신히 출근한 동운이 자신의 출근 시간을 기록하기 위해 간이 호패기에 손을 올렸다. 모니터 패널에 그동안 누적된 근무 시간이 표시되더니 점점 숫자가 늘어나기 시작했다. 의자에 앉아 한숨을 돌리려는데, 맞은편에 앉아 있던 김지희 대리가 얼굴을 찌푸린 채 의자에서 벌떡 일어났다.

"동운 씨!"

김지희는 각진 턱과 얇은 눈매 때문에 날카로운 인상을 풍기는 여자였다. 그런 인상만큼이나 신경질적이고 직설적인 말투를 써대서 그녀와 말을 섞고 싶지 않았지만 동운보다 직급이 높았기에 그럴 수도 없었다.

"썩은 내가 진동하잖아! 디오 좀 치워. 언제까지 여기에 둘 셈이야?"

김지희가 말한 '썩은 내'의 주범은 동운의 리사이클러 디오였다. 사무실에 들어온 동운도 그 냄새를 맡았지만 이미 거기에 익숙해져 딱히 불편하진 않았다. 그런데 요즘은 날이 더워져 역한 냄새가 유달리 심해진 모양이었다. 동운의 자리 근처에 있던 팀원들은 인상을 쓴 채 검지로 코를 막거나 손부채질을 연신 해대고 있었다.

디오는 동운의 자리 옆 의자에 앉아 있었다. '디오'의 이름은 리사이클러의 일련번호 'D-5'에서 따왔는데, 'D'는 리사이클러의 주인인 동운을 의미했고, '5'는 스무 살부터 에르트 팀원으로 일했던 동운이 맞이한 다섯 번째 리사이클러라는 뜻이었다.

"나 같으면 교체하겠다. 얼마 있지도 않은 돈, 아껴서 뭐 할 건데? 죽으면 가지고 갈 것도 아니잖아."

김지희는 역시나 직설적이다 못해 무례하기 짝이 없었다. 숨을 돌릴 틈도 주지 않고 비아냥대는 그녀의 얼굴에 동운은 욕설을 퍼부어주고 싶었다. 물론 자신의 상태를 모르고 한 말이겠지만, 동운은 그것을 용인해줄 만큼 포용적이지 못했다.

김지희의 말이 거슬린 건 동운만이 아닌 듯, 주위 동료들이 일순 조용해졌다. 동운이 건강이 급격히 안 좋아졌다는 사실은 2유닛 팀원들도 짐작하고 있었다. 그러나 동운은 자신의 병명을 아무에게도 말하지 않았다. 알려지면 바로 해고가 될 뿐더러 신의 기적을 바랄 기회조차 박탈당할 수 있기 때문이었다. 그래봤자 석달 뒤 정기 검사에서 꼼짝없이 걸리겠지만. 화를 꾹 참고 김지희의 시선을 피하자 김지희는 말을 멈추고 자리에 앉았다.

"동운 씨, 잠깐만."

애써 화를 누그러뜨리던 동운을 부른 건 2유닛 팀장인 상현이었다. 상현은 머리가 희끗희끗한 사십 중반의 남자로, 키는 크지 않아도 다부진 체격을 가지고 있었다. 동운이 함께 일한 지는 10년 정도 되었다. 그는 그나마 이 사무실에서 동운에게 호의적인 몇 안 되는 사람 중 하나였다.

"의사가 뭐래? 차도가 있대?"

"좀 더 지켜보자는데요."

자신도 모르게 동운은 석달 뒤에 들통날 거짓말을 했다.

"진짜야? 문제 있으면 솔직하게 얘기해. 안 그러면 골치 아파진다."

깍지 낀 양손을 뒤통수에 대고 의자 등받이에 벌렁 기대던 상현은 다문 입술 사이로 쯥쯥 소리를 냈다. 초점 없는 눈으로 창밖을 응시하는 것으로 보아 앞으로 닥칠 일에 대해 시뮬레이션을 하는 게 확실했다.

"골치요? 왜요?"

자신의 심정 따위는 안중에 없는 것처럼 느껴지자 동운은 왠지 서운했다.

"헬기 조종을 맡을 사람이 동운 씨 말고는 우리 유닛엔 없잖아."

걱정스러운 말투로 상현이 대답했다. 대응팀의 업무 특성상 사고가 빈번했기에 대응팀의 모든 유닛은 헬기 조종을 겸할 수 있는 인원을 세 명 이상씩 갖추고 있었다. 만일의 사태에 대비해 그들은 서로의 백업 역할을 했던 것이다. 그런데 동운의 백업이었던 두 사람 중 한 명은 업무 중 후미 프로펠러에 휘말려 죽었고, 또 한 사람은 사고 현장에서 뇌출혈로 쓰러져 세상을 떠났다. 그 결과 현재 2유닛에 남은 헬기 조종 기술 보유자는 동운뿐이었다.

상현이 골치 아파했던 건 헬기 조종사를 구하는 것이 쉽지 않았기 때문이다. 직업 훈련 학교 학생들은 위험하다는 이유로 에르트를 기피했고, 그 결과 해마다 지원자가 줄고 있었다.

다시 복부에 쿡 쑤셔오는 통증을 느꼈다. 동운은 허리에 한쪽 손을 얹은 채 책상 끄트머리에 몸을 살짝 기댔다. 상현은 의자에서 일어나더니 캐비닛에서 주둥이가 긴 병 하나를 꺼냈다. 상현은 자신이 집에서 만든 화학주라며 병을 흔들었다. 그러자 재 같은 미세한 검은 가루들이 부유했다. 이제 와 조심해 봐야 무슨 소용이겠냐 싶은 동운이 고개를 끄덕이자 상현은 플라스틱 컵 두 개를 책상 위에 올려놓았다. 컵에 진한 갈색빛을 띠는 정체불명의 알코올이 채워졌고, 묘한 향이 동운의 코를 찔렀다. 단번에 반을 비운 동운은 식도로 몰려오는 뜨거운 쓴맛을 느끼며 입을 열었다.

"걱정 마세요. 큰 문제 없을 거예요. 그러니 팀장님도 도와주셔야 돼요. 안 그러면 팀장님이 직업 교육 대상자가 될 수도 있어요."

직업 교육 대상이 되어 자리를 비우더라도 급여에 영향은 없겠지만, 몸은 굉장히 힘들 거였다. 동운은, 아무리 자동 호버링까지 가능한 자동조종장치 같은 편리한 기능이 있어도 헬기 조종 배우는 게 생각보다 어렵다고 조언을 해주었다. 상현은 컵을 흔들어 냄새를 음미하고는 고개를 끄덕거렸다. 그런 상황에 대해서는 누구보다 상현이 더 잘 알고 있었다.

"아무튼 믿을게. 잘 관리하고. 문제 생기면 절대 안 돼."

거짓말이었다. 동운을 쳐다보지도 않는 걸 보면 상현은 동운을 믿지 않는 듯했다. 상현은 잔을 단번에 비웠다.

"네."

동운도 거짓말을 했다. 그리고 아무렇지 않은 척 남은

잔을 비웠다. 어차피 사람들은 타인의 절망을 이해해주지 않는다. 그러니 거짓말에 대해 죄책감을 느낄 필요는 없다. 내가 죽더라도 그 뒤에 벌어지는 일들은 나와는 상관없는 일이다.

동운은 빈 컵을 내려놓고 자리로 돌아왔다. 김지희는 또 동훈을 흘끗 째려보았다. 그제야 동훈은 자신의 리사이클러를 다시 들여다보았다.

책상 옆에 앉아 있던 디오는 자꾸만 이상한 동작을 반복했다. 손끝을 떨고, 틱 증상처럼 머리를 계속 기괴하게 흔들었다. 이런 움직임은 최근 들어 심해지고 있었다. 의자를 끌어 디오 앞에 앉은 동운은 디오를 유심히 살펴보았다. 디오가 입은 낡은 커핀 슈트를 보자 그간 그가 얼마나 많은 업무를 처리했는지 실감이 났다. 온몸을 감싼 검은 슈트는 낡고 빛이 바래서 탄성을 잃은 고무 같았다. 표면은 하얗게 일어나 있었고, 슈트에 달린 관절 보호구는 이미 깨져서 제 기능을 상실한 듯했다. 또한 머리 전체를 뒤덮고 있는 은색 헬멧과 선팅된 창은 여기저기 스크래치와 기름때, 그을음 자국 등으로 지저분했다. 가장 큰 문제는 몸 전체에서 풍기는 역한 냄새였다. 김지희는 의자에서 일어나 동운과 디오를 또 지켜보고 있었다. 투덜거리던 김지희의 말이 틀리지는 않았다.

"대리님 말씀이 맞네요! 죽어서 가져갈 것도 아닌데, 분각을 뭐 하러 아껴요. 그래서 저도 이제 카푸치노* 잔뜩 사두려고요. 안 그래도 삶이 이 지경인데 취한 기분으로라도 살아야 후회는 없잖아요. 솔직히 대리님이나 저나, 여기 있는 우리 모두 언젠가 커핀 슈트를 입게 될 게 뻔한데요. 그렇죠? 그러니까 오늘이 중요하죠. 내일을 아껴서 뭐 해요? 다들 만수무강할 거라고 착각한다니까요!"

동운은 미친 사람처럼 낄낄거리며 비아냥댔다. 김지희의 얼굴은 벌겋게 달아올랐다. 마음이 후련해지자 그나마 통증이 가신 것 같았다.

"디오, 가자. 따라 와."

동운이 디오에게 지시했다.

―출동은 불가합니다. 헬기가 착륙하지 않았습니다.

디오는 또 뜬금없는 대답을 했다. 디오가 단번에 명령을 알아듣지 못한 지도 몇 달 되었다. 동운은 디오의 헬멧을 몇 번 두드렸다.

"출동이 아니야. 나를 따라 오라고."

동운이 디오의 귀에 대고 또박또박 말하자 "네, 알겠습니다. 동운 님"이라고 대답하며 자리에서 일어섰다. 그런

* 뉴소울시티에서 개발한 각성제로 주로 2구역 거주자들이 복용한다. 각성 효과가 사라지면 두통과 속쓰림, 극심한 피로와 무력감 등 부작용을 겪게 된다.

데 이번엔 작동이 문제였다. 디오는 고장난 장난감처럼 앉았다 일어나기를 반복하다가 중심을 잃고 비틀거렸다. 답답했던 동운은 디오의 팔뚝을 붙잡고 사무실 밖으로 끌고 나갔다.

디오를 충전 의자에 앉히고 젠더를 결합하니 의자 뒤에 달린 캔에서 나온 누런색 에너지 액체가 튜브를 타고 오기 시작했다. 디오의 몸은 여전히 미세한 경련을 일으키고 있었다. 에너지 투입구가 많이 헐거워졌는지 액체가 투입구 틈새로 새어 나왔다. 동운은 휴지를 꺼내 더러워진 디오의 손목을 닦았다. 낡아서 해진 슈트 틈으로 디오의 상태를 확인할 수 있었다. 욕창을 방치한 살은 썩어가고 있었고, 갈라진 피부 사이로 고름이 흘러나오고 있었다. 헬멧 틈새로는 실오라기처럼 디오의 머리카락이 몇 가닥 빠져나와 있었다. 새치들도 꽤 많이 보였다.

세 달 전쯤에 동운은 디오를 수리해 볼까 싶어서 수리 공장에 찾아갔던 적이 있었다. 그때 수리 기사는 혀를 차며 말했다.

“개인적으로 수리할 필요가 없다고 봐요. 겉보기엔 그럴싸해 보여도 속은 아니거든요. 생각해보면 우습잖아요. 보통 어떤 물건을 생산한다고 하면 깨끗하고 멀쩡한 재료들로 하는데, 이놈들은 썩은 것들로 만들었다니까요. 중고라고 할 수도 없어요. 고작 이런 걸 수리하려고 분각을 써요? 아깝게시리. 저 같으면 진작에 폐기했어요."

그는 고글과 마스크를 쓴 채 컨베이어 벨트 앞에서 드라이버, 펜치 등 공구를 들고 리사이클러 분리 작업을 하고 있었다. 분리 작업은 지붕과 벽이 함석판으로 되어 있는 창고 같은 공간에서 이뤄졌는데, 거대한 컨베이어 벨트는 창고 끝에서 출발해 가운데쯤에서 두 갈래로 나뉘었다. 벨트 위로 실려 오는 것은 폐기된 리사이클러들이었다. 대부분 처참하게 망가져 있어 성별을 구별하는 것도 어려웠다. 수리 기사와 함께 작업하는 사람들은 리사이클러의 헬멧과 보호구 등 멀쩡한 것들을 선별해 떼어냈다. 떼어낸 것들은 세척장으로 보내졌고, 해체된 리사이클러는 다른 컨베이어 벨트를 타고 소각장으로 보내졌다. 그곳에서 리사이클러들을 태운 후 뇌에 이식했던 매뉴얼 칩 중 쓸 만한 것들을 골라낸다고 했다. 세척된 헬멧과 보호구, 매뉴얼 칩은 다시 리사이클러 제조 공장으로 보내졌다.

수리 기사는 리사이클러의 품질 유지 기한을 3년 정도라고 말했다. 리사이클러의 가격은 2구역 직장인들의 2년치 연봉에 달했기 때문에 보통은 할부로 구매하곤 했는데, 할부가 끝날 때쯤이면 리사이클러는 이런저런 고장이 생길 수밖에 없었다.

디오도 3년을 훌쩍 넘겼다. 자신의 의식 없는 삶이 끝나가고 있다는 것을 보여주듯 디오는 충전 의자에 앉아 아귀가 맞지 않아 바람 소리를 내뱉는 투입구로 더이상 소화도 잘되지 않는 에너지 액체를 간신히 빨아들이고 있었다. 전기의자에 앉아 처형을 기다리는 사형수처럼.

"너나 나나 별다를 게 없구나."

동운은 평소엔 하지 않았을 말을 읊조렸다. 디오도, 동운도 똑같았다. 이 도시에서 쓰이고 버려지는 운명일 뿐. 동운은 서글퍼졌다. 지금 이 순간에도 삶을 이어가기 위한 동운의 연료 게이지는 바닥을 향해 가고 있었다. 동운은 더 살고 싶었다. 정해진 결말에서 벗어나고 싶었다.

—비상! 에르트 대응 4팀, 5팀, 6팀 출동! 비상 상황 발생 지역, 2구역 데메테르 가공식품 공장!

감상에 젖어들 틈도 없이 안내 방송이 울렸다. 팀원들과 리사이클러들이 복도로 쏟아져 나왔다. 보호 헬멧을 쓰면서 복도로 나온 상현은 2유닛 팀원들을 이끌고 직원용 엘리베이터에 올랐다. 상현은 충전 부스 앞에 서 있는 동운을 보며 서둘러 오라고 소리쳤다.

—대응 4팀. 전원 출동합니다.

뒤늦게 반응한 디오는 비틀거리며 충전 의자에서 일어났다. 동운은 디오의 어깨를 눌러 다시 의자에 앉혔다.

"됐어. 너는 여기서 대기해."

동운은 상현이 있는 엘리베이터로 혼자 달려갔다. 디오는 이번엔 버벅거리지 않고 동운의 지시에 따라 바로 충전 의자에 앉았다. 다만 시선은 동운이 아닌 정면을 바라보고 있었다.

투명한 엘리베이터 너머로 충전 의자에 앉아 있는 디오가 내려다보였다. 디오 없이 출동하는 것은 오랜만이었다. 디오가 없다면 현장 업무가 매우 고될 게 뻔했다.

"아직은 아니야. 난 아직 괜찮아."

동운은 엘레베이터의 천장을 올려다보며 중얼거렸다.

3장

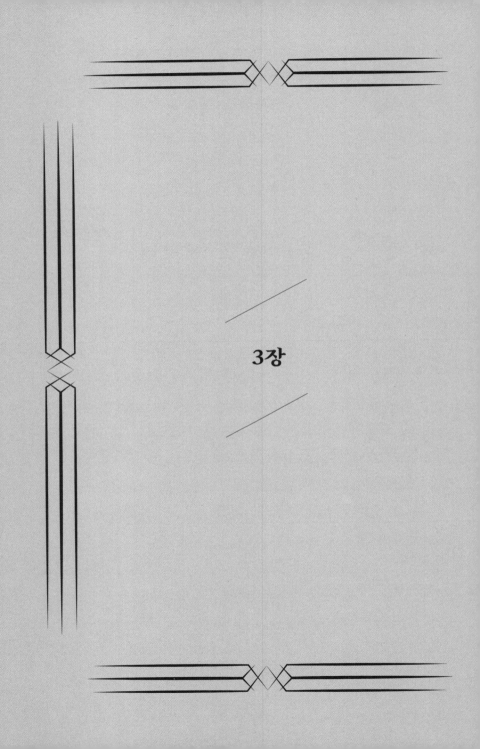

검은 꿈

가까이 다가가보니 그 하얀 벽면에 돋을새김 조각 같은 거대한 고양이 형상이 나타나 있었다. 놀라우리만치 정교한 모양이었다. 그런데 그 짐승의 목에 밧줄이 감겨 있었다.

-에드거 앨런 포, 「검은 고양이」 중에서

동운은 헉헉거리며 전력을 다해 오르는 중이었다. 시커먼 연기로 이루어진 존재가 동운을 붙잡기 위해 계속 쫓아서 올라오고 있었다.

—네가 있어야 할 곳은 바로 여기야!

연기는 넓게 퍼지며 사방이 자욱해졌다.

—벗어날 수 없어. 절대.

당장이라도 터질 듯 화염이 이글거리는 두 눈은 분노를 머금고 있었다. 순간 어디선가 나타난 칼날이 회전하며 바람을 일으켰다. 칼날이 회전하는 소리는 점점 더 커졌고 시커먼 존재를 파헤치듯 움직였다. 시커먼 연기로 이루어진 존재는 울부짖으며 끔찍한 비명을 질러댔다. 그건 분명 사람의 목소리였다. 동운은 멈칫하며 다시 밑을 내려다보았다. 그때 무언가가 동운의 발목을 잡았다. 심장이 튀어나올 것 같았다. 사람의 손 같았는데, 열에 녹은 고무처럼 손가락은 제대로 구분도 안 갈 정도로 뭉개져 있었다. 열어진 연기들 사이로 손이 녹은 남자의 얼굴이 보였다. 이목구비는 잘 보이지 않았지만 피투성이인 것은 확실했다. 게다가 턱과 뺨은 화염에 그을려 촛농처럼 녹아내리고 있었고, 치아는 여기저기 깨져 기괴했다. 동운이 잡힌 발을 빼려 하자 남자가 쉰 목소리로 말했다.

—완전 재수 옴 붙은 날이지.

순간 동운은 화들짝 놀라며 몸을 일으켰다. 꿈이었다.

창밖은 여전히 어두웠다. 아침 여섯 시도 되지 않은 시각, 알람이 울리려면 아직 한 시간쯤 남아 있었다. 그러나 다시 눈을 감기가 두려웠다.

통증은 육체가 잠이 든 순간에도 거머리처럼 달라붙어 좀처럼 위치를 알 수 없는 몸속 깊은 곳까지 파고들었다. 잠을 거의 자지 못한 지 한 달 정도 되었다. 통증 때문이기도 했지만, 디오 없이 업무를 하다 보니 체력적으로도 한계가 온 듯했다. 곧 새로운 리사이클러가 도착할 것이었다. 몇 달 남지 않은 인생을 위해 고가의 소모품을 구매해야 하나 싶었지만, 혼자서는 도저히 더 버틸 재간이 없었다.

동운은 침대에 걸터앉아 멍하니 한숨을 내쉬었다. 대부분의 에르트 직원은 본부 옆에 있는 직원 숙소에서 지냈다. 싱크대와 전자레인지 같은 작은 주방이 있고, 침대 하나를 두면 남는 공간이 거의 없는 좁은 원룸이었다.

동운은 침대에서 일어나 싱크대로 걸어갔다. 방 안이 더웠지만 에어컨을 틀 수 없었다. 빌어먹을 관리비 때문이었다. 같은 이유로 하얀 성에가 창문을 덮는 추운 겨울에도 난방을 틀지 못했다. 동운은 땀에 젖은 이마를 손등으로 훑으며 유리컵을 집어 싱크대 수도꼭지에 댔다. 정수기는 없었다. 약을 꺼냈다. 타원형 모양의 노란 알약 하나, 동그란 모양의 하얀 알약 하나. 노란색은 진통제였고, 하얀색은 카푸치노였다. 진통제만으로 버티기 힘들었던 동운은 며칠 전 분각을 탈탈 털어 카푸치노를 샀다.

"오늘 죽더라도 편하게 죽고 싶다. 제발."

알약들을 털어 넣자 쓴맛이 느껴졌다. 고개를 들어 찬장 유리에 비친 자신의 얼굴을 보았다. 다크서클은 한층 더 짙어졌고 눈의 흰자위는 상한 달걀 노른자처럼 누렇게 변해 있었다. 피부는 푸석푸석해졌고 주름이 늘어 나이보다 더 늙어 보였다. 동운은 침대로 돌아와 앉았다.

알람이 울렸다. 몽롱한 기운이 퍼지는 몸뚱이에 차가운 물을 끼얹으며 샤워를 한 동운은 방호복을 챙겨 입었다.

초콜릿 반 개와 우유 한 잔으로 아침 식사를 대신했다. 제대로 된 식사를 준비할 여력도 없었다. 그래도 출근은 해야 했다. 그렇지 않으면 생의 남은 시간을 지금보다 더 비참하게 보낼 수도 있으니까.

본부 건물로 들어서자 빡빡한 삶의 공기가 건물 안을 가득 채운 것이 느껴졌다. 에르트는 업무의 특성상 3교대로 돌아가는데, 이른 아침부터 현장에 출동하는 대응팀과 현장에서 돌아오는 수습팀이 뒤섞여 혼잡스러웠다.

그래도 다행인 것은 새로운 리사이클러 도착 알림을 받은 것이었다. 동운은 디오를 보냈던 한달 전을 떠올렸다. 보냈다기보다는 폐기했다는 말이 더 어울릴 것이다.

"아시겠지만, 재구매 비용 할부 첫 달은 폐기물 매입 비용으로 대체됩니다."

디오를 수거하러 온 수리 기사가 디오를 대강 살펴보며 말했다. 디오는 본부 앞 대로변에 동력을 잃은 인형처럼 주저앉아 있었다.

"매입 비용으로 얼마나 받을 수 있을까요?"

동운이 무덤덤하게 묻자 수리 기사는 화물차 뒤에 달린 크레인에 올라탔다. 크레인에는 낡은 로봇 팔이 달려 있었다. 기어를 넣자, 로봇 팔의 뼈대를 이어주는 유압 실린더에 힘이 들어가는 소리와 함께 로봇 팔이 작동하기 시작했다.

수리 기사는 디오를 향해 로봇 팔을 움직였다. 로봇 팔 끝에는 날카로운 삼각 집게 같은 것이 달려 있었다. 로봇의 칼날 같은 집게는 디오의 몸뚱이 여기저기를 뚫고 들어가 단번에 디오를 집어 들었다. 수리 기사는 정육점의 고깃덩어리처럼 축 늘어져 매달려 있는 디오가 잘 보이도록 더 높이 들어올렸다. 오물과 고름으로 얼룩진 커핀 슈트 사이로 시커먼 피가 흘러나오고 있었다.

“딱히 돈 될 건 없어 보이네요. 그냥 보기에도 본체가 워낙 하급이라서.”

수리 기사는 얼굴을 찌푸리며 고개를 저었다. 그러더니 디오의 머리 안에 있는 칩이라도 쓸 만하면 모르겠는데 그것마저도 영 아니게 되어서 재활용도 못 하니 괜한 공임비만 날리는 꼴이 될 거라며 혀를 찼다. 그렇게 디오는 폐기된 리사이클러들이 가득 실린 화물차 짐칸에 던져졌다.

동운은 수리 기사가 내미는 사용 만료 확인서에 서명했다. 아마 동운이 지불한 새 리사이클러에 대한 분각의 일부는 누군지 알 수 없는 디오의 가족에게 갈 것이다. 거기까지가 이 도시에서 디오가 존재했던 이유였다.

사무실로 들어선 동운은 자신의 자리 옆에 앉아 있는 새로운 리사이클러를 이리저리 살펴보았다. 3일이 지나면 반품이 되지 않기 때문에 꼼꼼하게 확인해야 했다. 작동은 제대로 하는지, 매뉴얼 프로그램은 잘 장착되어 있는지, 흠은 없는지. 일단 확인했을 때 큰 문제는 없어 보였다. 에너지 투입구는 제 위치에 있었고 슈트와 헬멧도 이상이 없었다.

리사이클러에도 등급이 있었다. 커핀 슈트에 가려져 있는 육체의 상태에 따라 가격 차이가 많이 났다. 이번 모델은 디오보다는 낮은 등급이었다.

"충전해."

동운이 지시하자 새 리사이클러는 일어나 사무실 밖으로 나갔다. 동운도 확인차 뒤따라 나갔다.

새 리사이클러는 부스 안 충전 의자에 앉아 스스로 에너지 액체를 주입하기 시작했다. 동운은 그 앞에 서서 리사이클러를 내려다보았다.

"너의 업무가 뭐지?"

칩에 장착된 매뉴얼 프로그램을 확인하기 위해 동운이 질문했다.

—본 리사이클러는 에르트 본부 대응 4팀 2유닛 곽동운 주임의 소유입니다. 제 임무는 곽동운 주임의 명령과 지시를 이행하는 것입니다. 에르트 대응팀의 업무 매뉴얼을 기본 운영체제로 삼고 있으며, 곽동운 주임의 백업 하에 사

고 현장 투입, 인명 구조 등 현장에서의 실질적인 행동 업무를 담당합니다. 모든 업무의 목적은 전기련의 자산 보호를 최우선시하는 에르트의 창립 목적과 부합합니다.

리사이클러는 기계적인 목소리로 칩에 저장된 매뉴얼을 읊었다. 다만 높낮이가 없는 어조 때문에 마치 모스 부호 소리처럼 들렸다. 이런 문제도 모델의 등급에 따라 생기는 것이었다.

에너지를 충전하는 동안, 동운은 새 리사이클러의 호칭을 입력하기로 했다. 뭐라고 부르는 게 좋을까, 잠시 고민했을 뿐인데도 통증이 훅 밀려왔다.

진통제와 카푸치노를 씹으며 동운은 그동안 사용했던 리사이클러들의 이름을 떠올려 보았다. 입사하고 처음 구매한 리사이클러는 '딜'이라고 불렀다. '디원D-1'을 '디일'로 바꾸어 빨리 발음할 때 들리는 것으로 정한 것이었다. 그다음 모델의 이름은 '디D-2'라고 지었다. 그다음 모델은 '디삼D-3'에서 시옷을 빼고 디귿을 넣어 '담'이라고 지었다. 그 다음은 '디포D-4', 그리고 '디오D-5'까지. 즉 그동안 동운은 리사이클러를 받은 순서를 기준으로 이름을 입력했었다. 리사이클러에 고심해서 이름을 짓거나 애칭을 붙이는 사람들도 있었지만 동운은 쓸데없는 짓이라고 생각했다. 냉장고나 전자레인지에 이름을 붙이지 않는 것처럼, 버려질 것들에 굳이 이름이 필요할까? 하지만 이번에는 마지막 리사이클러니까 조금 다른 이름을 붙여주고 싶었다.

마음을 정한 동운은 명칭 변경 명령어를 실행했다.

"모델 넘버는?"

—A12110.

"A12110의 명칭을 변경하겠다."

—명칭 변경 입력 준비.

"기한."

—다시 한번 입력해주십시오.

동운은 '기한'이라는 두 글자를 다시 또박또박 발음했다.

"기. 한."

—변경하신 명칭은 기, 한, 입니다. 맞습니까?

"맞아."

—명칭 변경이 완료되었습니다.

기한. 쓸모가 있는 시간을 나타내는 의미였다. 3개월도 채 남지 않은 동운의 시간도 일종의 기한이다. 갑자기 왜 이런 생각을 했는지 모르겠지만, 보이지 않는 존재들에 대한 약간의 반항심에서 기인한 것인지도 모르겠다고 동운은 생각했다.

—비상! 아레스 제3화학공장. 화재 및 소요 사태 발생!

대응 4팀 2유닛 출동 바람!

시끄럽게 울리는 사이렌과 함께 알림 방송이 들려왔다.

"헬기 탑승 준비해."

동운은 명령을 내리고는 헬기를 운행하기 위해 옥상으로 올라갔다.

조종석에 올라탄 동운은 조종사 헬멧을 쓰고 조종간의 버튼들을 조작했다. 귀가 먹먹할 정도의 소음을 내며 프로펠러가 회전하기 시작했다. 헬멧의 바이저를 내리자 출력, 연료, 엔진 상태 같은 동체 정보와 고도계, 수평계, 입체 지형도와 목적지가 표시되었고 현 상황에 대한 영상이 실시간으로 보였다.

"대응 4팀 2유닛 탑승 중. 동체 이상 없음. 1분 후 이륙 예정."

동운은 헬멧에 달린 마이크로 에르트 본부 통제실에 보고했다.

"허가. 현재 풍속 초속 2미터, 잔잔한 상태. 화재는 10분 전 발생했으며 시위 군중의 침투 시도 있음. 업무 우선순위는 화재 진압과 전기련의 자산 보호. 시위대는 고객서비스팀*이 맡을 예정이나 돌발 상황이 발생할 수 있으니 대

* 도시의 치안을 담당하는 전기련 직속 기동대. 정교하고 살상력이 높은 라이플과 각종 장비를 사용하여 2구역 거주자들에게는 악명이 높다.

응팀도 대응 준비할 것."

그 사이에 2유닛 팀원들이 모두 헬기에 탑승했다. 리사이클러들도 마찬가지였다. 그러나 리사이클러들이 타는 곳은 달랐다. 대응팀의 헬기 동체 외부에는 기다란 바 모양의 스키드가 달려 있었는데, 리사이클러들은 일사분란하게 그 스키드 위에 앉아 X자 벨트를 맸다. 곧이어 헬기가 떠오르기 시작했다.

2유닛 헬기가 현장 상공에 도착했다. 통제실의 브리핑과는 달리 불은 더 크게 번져 있었고 연기가 사방을 뒤덮고 있었다. 그 광경을 보던 팀원들은 하나같이 한숨을 내쉬었다.

"착륙은 어떨 것 같아?"

뒤에 다가온 상현이 동운의 어깨에 손을 얹으며 물었다.

"힘들어요. 시야 확보도 안 되고, 상황도 안 좋아요."

연기 사이로 군중들이 공장 앞마당을 장악한 모습이 보였다. 마스크를 쓴 군중들은 공장을 향해 돌과 화염병을 던지고 있었다. 그들이 던진 돌이 다시 마당으로 날아가는 것으로 봐선 공장 직원들이 안에서 대응하고 있는 것 같았다.

"고객서비스팀은?"

"늦을 겁니다. 지금 다른 데서도 비슷한 상황이 속출하고 있대요."

"어쩔 수 없네. 빼도 박도 못하고 로프 하강을 해야겠네."

상현은 한숨을 쉬더니 체념한 듯 동운의 어깨를 두드렸다. 동운도 씁쓸한 미소를 지을 뿐이었다.

상현은 인력 배치와 함께 해당 업무에 관해 세세하게 지시를 내리기 시작했다. 첫 번째 팀은 공장 직원들과 함께 저항세력의 공장 진입을 막는 것이었고, 두 번째 팀은 공장 내부로 진입해 화재를 진압해야 했다. 세 번째 팀에게는 공장 내에서 대피 중인 연구원들을 옥상으로 대피시키고 구출하는 일을 맡겼다. 다만 구출시 생산직 직원들은 구출 대상에서 가장 후순위에 두라고 당부했는데 그건 여유가 되면 구하라는 뜻이었다. 그런 지시 사항에 의문을 제기하는 사람은 없었다.

바깥 상황을 내려다보던 팀원 중 몇몇은 쓸데없는 짓을 벌이는 저 인간들 때문에 자기들만 더 힘들어졌다며 욕설을 내뱉었다.

"우리 보고 통조림이라고 하던데요."

폴리 가드 방독면을 착용하던 신입 팀원이 길에서 들은 이야기를 전했다. 지금 공장에 불을 지르고 상품들을 약탈하려는 자들에 관한 내용이었다. '그들'은 2구역 거주자들을 컨베이어 벨트에 올라간 통조림에 비유했다. 통조림에는 수명이라는 유통기한과 사회적 위치라는 일련번호가

찍혀 있으니 결국 전기련의 쓰임새에 따라 생산되고 버려지는 우리의 운명과 비슷하다는 뜻이었다.

동운도 그런 말을 들은 적은 있었지만 도대체 왜 그렇게 생각하는지 이해하기 힘들었다. 어쩌면 이해하고 싶지 않았는지도 모르지만. 그렇게 말하는 그들은 불안감과 불편함을 주면서 사람들을 귀찮게 만드는 성가신 존재들이었다.

헬기는 공장 앞마당이 아닌 공장 옆 비좁은 공간 상공에 도착했다. 동체의 뒷문을 열자 검은 연기와 세찬 바람이 내부로 몰려 들어왔다. 로프를 내리고 상현의 신호에 따라 차례대로 하강을 시작했고, 그와 동시에 스키드에 앉아 있던 리사이클러들도 하강했다. 거기까지는 순조로웠다. 모두가 지상에 안전하게 착지했고, 시위대를 막기로 한 팀원들은 충실하게 방어했다. 화재 진압과 연구원 구조를 맡은 팀원들 역시 공장 내부에 진입해 불길을 잡기 시작했다.

다만 문제는 돔 형태의 공장 구조였다. 처음에는 저항세력이 던진 화염병으로 인해 작은 불이 났다. 그러다 낡은 내부 구조물 때문에 불이 커졌는데, 다행히도 대응팀이 신속하게 움직여 불길이 잡혀가고 있었다. 그렇지만 아레스 제3화학공장은 카푸치노를 생산하는 곳이었다. 이곳에는 휘발성과 독성이 있는 화학 물질들이 가득했다. 하필 연구원이 고립되어 있는 7층 연구개발실에 다다르기도 전에 서쪽 2동에 있던 자재 창고에 불이 옮겨 붙으면서 폭발이 일었다. 그때부터 거대한 화염이 맹렬하게 공장 밑바닥부터 삼키기 시작했다. 돌발 사태에 놀란 팀원들은 화재를 진압하기 위해 황급히 내부로 진입했고, 그 사이 방어 라인이 깨지면서 시위대가 공장 내부로 뚫고 들어왔다. 불을 보면 도망가야 하는 게 당연한데, 전기련에 대항하겠다는 그들조차 카푸치노라는 각성제를 보자 탐욕을 끊어내지 못하고 불나방처럼 달려들었다.

상황을 지켜보던 동운조차 조짐이 심상치 않음을 느꼈다. 때마침 상현으로부터 무전이 왔다. 상현은 다급한 목소리로 옥상으로 헬기를 이동시키고 현장에 투입하라는 지시를 했다.

“저도 가야 합니까? 몸이 너무 안 좋은데요.”

동운은 머뭇거리며 물었지만 상현은 신경질적으로 소리를 지르며 당장 현장으로 오라고 다그쳤다.

동운은 우선 공장 옥상 상공으로 비행했다. 상공에 다다르자 이미 다른 유닛들의 헬기들이 상공에서 호버링 중이었다. 동운이 자동 호버링 장치를 작동시키자 헬기는 일정한 고도를 유지하며 호버링했다. 동운은 방독면을 쓰고 소화 장비를 맨 채 힘겹게 동체 후미로 걸어갔다. 아래를 내려다보니 검은 연기에 뒤덮여 옥상이 잘 보이지 않았고 소리치는 사람들의 목소리만 간간이 들릴 뿐이었다. 순간 통증과 함께 어지러움이 일자 동운은 주머니에 있던 진통제와 카푸치노를 꺼내 방독면을 살짝 들어 다급하게 입안에 털어 넣었다.

심호흡을 한 뒤 로프를 타고 공장 옥상으로 하강했다. 연기를 헤치며 다가가니 상현과 팀원들, 그리고 구조된 연구원들이 보였다. 연구원들은 에르트 팀원들의 것으로 보이는 방독면을 쓰고 있었고, 상현과 다른 팀원들은 물에 적신 반다나로 코와 입을 가리고 있었다. 그새 얼굴이 하나같이 새카매져 있었고, 몇 명은 화상과 찰과상 등을 입은 상태였다.

구조를 위해 팀원 두 명이 먼저 모터가 달린 승강 장치를 이용해 로프를 타고 올라가 헬기에 탑승했다. 그들이 오케이 사인을 보내자, 상현과 다른 팀원들은 연구원들을 올려보냈다. 공장 내부에서 구조물이 무너지는 소리가 들려왔다. 마음이 조급해졌는지 팀원들을 재촉하는 상현의 목소리가 더욱 격앙되었다.

“이 사람들이 다예요?”

동운이 물었다. 불길이 더 거세진 듯했다. 시간이 더 지체되면 구조는커녕 동운과 팀원들까지 전부 위험해질 것 같았다.

"아니! 연구원들은 다 나왔는데 팀원들이 아직 있어."

상현은 헬기에서 떨어뜨린 방독면을 주워서 쓰며 대답했다.

"리사이클러들은요?"

"지금 그게 문제야? 다 작살났어! 일단 난 여기 정리할 테니까 동운 씨가 가서 데리고 와!"

동운은 어쩔 수 없이 손전등을 들고 공장 내부로 진입했다. 바깥 공기와는 확연히 다른 뜨거운 열기가 방호복 안으로 느껴졌다. 커다란 불길은 이미 공장을 반 이상 집어삼킨 상태였다. 동운은 소화 장비의 노즐 끝에 달린 분사기를 손에 쥐고 천천히 나아가 방화문을 열고 계단을 내려갔다. 어디선가 사람들의 비명과 거친 불길 소리가 들려왔다. 동운은 손전등을 이리저리 비춰보았다. 곳곳에 쓰러진 사람들과 리사이클러들이 보였다.

"기한! 있으면 대답해!"

동운은 다급하게 소리쳤다. 그때 어디선가 높낮이 없는 기계적인 목소리가 들려왔다.

—네. 기한, 임무 수행 중입니다.

그 목소리를 쫓아간 동운은 불길이 벽을 타고 흐르는 복도 끝에 서 있는 기한을 발견했다.

"기한! 철수하자! 어서!"

동운이 명령을 내리자 그제야 기한은 동운을 향해 달려왔다. 저 밑에선 아직도 비명이 들려왔다. 무전기에서는 상현의 목소리가 터져 나왔다. 연구원들과 팀원들, 그리고 리사이클러들이 거의 탑승 완료했다고 했다.

동운과 기한은 방화문 바깥의 계단에 들어섰다. 그때 밑에서 누군가의 목소리가 들렸다. 발길을 멈춘 동운은 소리가 나는 곳을 향해 빠르게 내려갔다.

공장 내부와 달리 이상하게도 계단은 조용했다. 내려갈수록 서서히 목소리가 가까워졌다. 뭐라고 하는지는 모르겠만 남녀의 대화 소리였다.

"……있어요. 분명."

남자가 쿨럭거리며 힘겹게 말했다.

"그럴 리가 없어요."

여자의 목소리에는 당황한 기색이 담겨 있었다. 한 발 한 발 더 내려가다 이윽고 계단 중간층을 돌았을 때, 동운의 눈에 들어온 건 피투성이가 된 채 바닥에 쓰러져 있는 어떤 남자와 김지희였다. 시위대로 보이는 남자는 방독면을 썼지만 점차 의식을 잃어가는 듯했다. 동운을 마주하자 당황한 듯 김지희의 눈이 커졌다.

"도, 동운 씨?"

"대리님? 뭐 하십니까?"

"아냐, 아무것도. 신경 쓰지 말고 얼른 철수해. 어서 올라가!"

분명 남자는 동운의 눈길을 피했다. 남자를 확인하고 싶었던 동운은 그가 쓰고 있던 방독면을 벗겼다. 그때 김지희가 반사적으로 동운의 손목을 붙잡았다. 평소의 그녀답지 않았다. 동운을 쳐다보는 그녀의 눈동자 위로 물기가 일렁였다.

"제발, 부탁이야. 다시 씌워줘."

그녀의 목소리가 파르르 떨렸다. 목구멍 위로 무언가 나오려는 것을 있는 힘을 다해 누르고 있었다. 어쩔 수 없이 동운은 다시 방독면을 씌워주었다. 어차피 이 남자에게 남은 시간은 얼마 없었다. 그건 김지희도 알고 있는 눈치였다.

"빨리 가요. 더이상 지체할 수 없어요."

동운은 물에 적신 천을 김지희에게 건네주고는 그녀를 부축해 계단을 올랐다. 김지희는 뒤를 돌아보았으나 마지못해 발걸음을 옮겼다. 뿌연 연기 속에서 보이는 그녀의 얼굴에서 땀인지 눈물인지 알 수 없는 것이 흘러 뺨에 잔뜩 묻은 그을음 위에 고랑을 내었다.

그런데 하필 이럴 때 약 기운이 올라오기 시작했다. 몸이 붕 뜨는 기분이었다. 하필 이럴 때. 설상가상으로 불길이 방화문을 뚫고 계단까지 들어오기 시작했다. 서둘러야 했지만 몸을 움직이는 게 쉽지 않았다. 눈치챘는지 김지희가 동운의 어깨를 부축했다. 순간 동운은 눈을 크게 떴다. 예상치 못한 일들의 연속이었다.

—이십여 미터 남았습니다.

뒤따라오던 기한은 불길과의 거리를 알려주었다.

"너무 빨라! 기한, 막아줘!"

그러자 기한은 계단에 나뒹굴던 철제 문짝을 들어서 올라오는 불길을 막았다. 비상구 계단은 시커먼 연기와 일렁이는 불길, 깜빡이는 전구 불빛과 경보등 불빛까지 뒤섞여 동운의 의식을 더욱 어지럽게 했다. 그런 와중에도 동운은 이 이미지들이 뭔가 익숙했다.

"이제 다 왔어! 조금만 더 힘내!"

부축하고 있던 김지희가 동운을 다독였다. 처음 있는 일이었다. 그러나 지금 그런 상념에 젖을 틈이 없었다.

가까스로 둘은 옥상 문 앞까지 다다랐다. 동운이 돌아보자, 사투를 벌이고 있는 기한이 보였다.

"기한! 이쪽으로 뛰어!"

그러자 기한은 들고 있던 문짝을 불길에 내던지고는 빠른 속도로 그곳을 빠져나왔다. 그러고는 옥상 문을 닫고

등으로 밀면서 문이 열리지 않게 버텼다.

동운과 김지희가 로프를 간신히 붙잡자 서두르라는 상현의 목소리가 무전으로 들렸다. 방독면을 쓰고 있던 동운은 김지희에게 먼저 승강 장치를 쥐여 주었다. 멀리서 경쾌한 음악 소리가 들려왔다. 고객서비스팀이 현장에 도착한 것이다. 그 소리가 들리자 근처에 있던 시위대는 삽시간에 흩어지기 시작했다.

연기 속에서 김지희는 동운을 잠시 뚫어지게 봤다. 계단에서 봤던 그 눈빛은 다시 사라져 있었다.

“동운 씨. 오늘 일, 아무도 몰랐으면 좋겠어.”

그녀의 눈에 있던 물기도 이미 사라지고 없었다. 동운이 고개를 끄덕이자, 김지희는 승강 장치의 버튼을 눌렀다. 그녀의 몸이 스르륵 올라가더니 연기 속으로 사라졌다. 잠시 동운은 위를 쳐다보았다. 로프를 타고 다시 승강 장치가 내려왔다. 동운은 고개를 돌려 기한에게 손짓했다.

“기한, 본부로 돌아간다! 탑승해!”

동운이 지시하자 기한은 동운이 올라갈 수 있도록 로프의 끝을 붙잡았다.

“악몽 같은 하루네.”

한숨처럼 동운은 내뱉었다. 기한은 반응하지 않았다.

“너한테도 그렇고. 나한테도 그렇고. 안 그래?”

기한이 반응할 리 없었지만 누구에게라도 토로하고 싶었던 동운의 마음이 불쑥 튀어나왔다.

—기한. 탑승 준비했습니다.

기한은 매뉴얼 외의 대답은 하지 않았다. 동운은 괜히 심술을 부리듯 또 한 번 물었다.

"내 말이 틀려? 진짜 개떡 같은 날이었잖아."

동운은 피식 웃으며 승강 장치의 버튼을 눌렀다. 그와 동시에 모터가 작동했고 동운의 몸이 올라가기 시작했다.

그 순간이었다.

뜨거운 열기와 숨 막히는 메케한 연기로 혼란스러운 상황 속에서, 혼자만 냉기로 가득 찬 어두운 바다 속으로 추락하는 것 같은 아찔함을 느낀 것이.

—네. 완전 재수 옴 붙은 날이었습니다.

아까 먹은 약 때문에 정신이 몽롱했지만 동운은 분명히 들었다. 누군가 재수 옴 붙은 날이라고 대답했다. 누가 대답한 걸까? 설마 기한이? 헬기 밑에 깔린 검은 연기 속으로 빨려가던 동운은 혼란스러웠다. 아래에 있는 기한은 지금 동운을 올려다보고 있었다. 꿈에서처럼. 분노로 가득 찬 화염의 두 눈이 자신을 노려보던 그 악몽처럼.

동운은 죽음의 아수라장을 빠져나가는 순간임에도 살았다는 안도감보다 심장이 요동치는 아찔함을 느꼈다.

4장

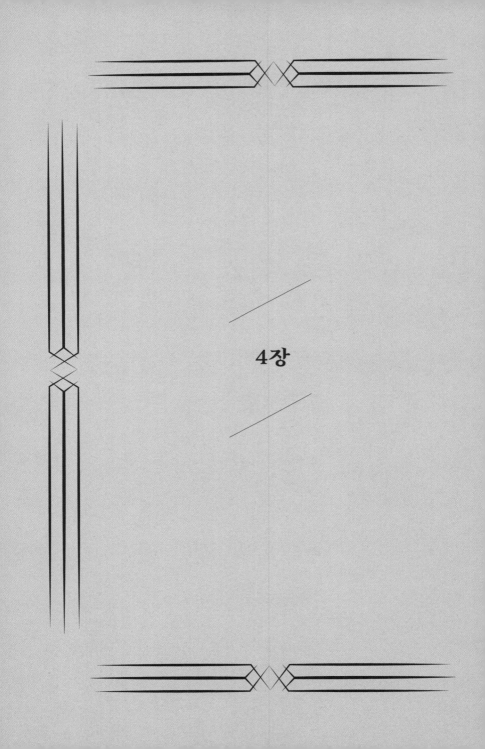

망상

전의는 마음 아픈 사람에게 약을 주어 기억 속에 뿌리 박힌 슬픔을 뽑아내고 뇌수에 각인된 고통을 지우며, 감미로운 망각의 해독제를 사용하여 왕비의 심장을 짓누르는 위험한 것들을 답답한 가슴에서 못 씻는가?

- 셰익스피어, 『맥베스』 중에서

—재수 옴 붙은 날이지.

—재수 옴 붙은 날이었습니다.

보름이 지났는데도 동운은 그 말이 잊히지 않았다.

무의식이라는 영사기 불빛이 몇 겹으로 겹쳐진 불분명한 기억의 슬라이드들을 비추었고, 프리즘을 통해 퍼져나가는 빛깔들처럼 잔상들이 혼란스럽게 뒤섞이며 흔들렸다. 그와 동시에 꿈과 현실의 경계를 으깨는 두통이 몰려왔다.

일렁거리던 불길, 마지막 순간의 비명들, 무엇을 숨기고 있는지 알 수 없는 시커먼 연기, 백열등의 불규칙한 점멸, 복잡하게 뒤엉킨 손전등 불빛의 그물.

동운은 두 시간째 비좁은 화장실에 앉아 있었다. 살면서 경험해보지 못한 반복된 복부 통증 때문에 신경은 더욱 예민해졌다. 진통제는 이제 효과가 없었고 카푸치노는 또 가격이 올랐다. 월급은 십 년 넘게 그대로인데 의존할 수밖에 없는 것들은 하루가 다르게 가격이 오른다.

졸피뎀 한 알을 먹었다. 되도록 참으려고 했는데. 같은 유닛의 동료가 은밀히 건네준 진통제였다. 공장 화재 이후 동운을 대하는 팀원들의 태도가 달라졌다. 뻔한 이유이긴 했다. 그날의 사고로 팀원들은 대부분 자신의 리사이클러를 잃었던 것이다. 다시 주문하긴 했지만 새 모델이 도착하기까진 시간이 걸렸다. 그러니 동운이 쓰지 않을 때 기한을 빌려 달라는 속셈이었다.

그날의 사고로부터 일주일 정도 지났을 때, 팀의 막내 직원이 동운에게 작은 플라스틱 약통을 은밀하게 내밀면서 기한을 좀 쓰고 싶다고 했다. 통을 받아든 동운에게 막내 팀원은 자신이 좋은 곳을 알고 있다면서, 거기에 가면 이런 졸피뎀 같은 약들을 구할 수 있다고 했다. 귀가 솔깃해진 동운은 퇴근 후에 막내 팀원이 말했던 곳에 갔다.

그곳은 뉴소울시티 외곽 지역으로, 뒤에는 바로 강을 끼고 있었다. 인공지능 시대에는 주변에 높은 건물들이 많았다고 했지만 더이상 그 흔적을 찾기는 힘들었고 지금은 공장들만 가득했다. 다만 강변 쪽으로 나 있는 작은 골목 안쪽은 과거의 모습을 간직하고 있었다. 뉴소울시티가 여덟 개 구역으로 나누어져 있을 때 일탈을 원하는 젊은 사람들이 많이 찾던 곳이었는데 지금은 2구역 내의 유일한 암시장으로 남아 있었다. 다만 이곳에서 분각은 사용할 수 없었다. 전기련이 분각의 관리와 감시를 철저히 했기 때문이었다.

동운은 의료센터에서 받은 진통제 일부를 내놓고, 졸피뎀과 펜타닐 등 과거 대한민국에서 금지되었던 불법 약물들을 구입했다. 이제는 자포자기한 심정이었다. 동운은 갈수록 수척해졌고, 누구든 그의 상태가 심각하다는 걸 알아차릴 수 있게 되었지만 그럼에도 동운은 자신의 병명을 알리지 않았다.

그렇게 구매했던 약들이 어느새 다 떨어졌다. 아마 오늘이나 내일 저녁쯤 또다시 암시장에 가야 할 것 같았다. 당장은 빌어먹을 고통부터 해결하는 게 먼저였다. 동운은 겨우 화장실에서 나왔다.

동운은 지난번 화재 사고 이후로 극심한 불면증에 시달렸다. 약물의 힘으로 간신히 잠들어도 끔찍한 악몽의 잔상이 계속되었다. 반복되는 악몽은 동운의 무의식을 집어삼키곤 했다.

—재수 옴 붙은 날이지.

—재수 옴 붙은 날이었습니다.

더이상 가만히 있을 수는 없었다. 확인해야만 했다. 그 날, 검은 연기가 가득했던 공장 옥상에서 자신이 본 것이 실제인지, 아니면 약물로 인한 환각인지.

동운은 식탁 위에 있던 수저통에서 포크를 집어 들었다. 창문으로 스며든 여명에 포크의 표면이 푸른색으로 번뜩였다. 복도로 나서는 동운의 표정은 굳어 있었다.

기한은 평소와 다름없이 충전 의자에 앉아 있었다. 충전 부스에 들어간 동운은 기한 앞에 우뚝 섰다. 기한은 여전히 앞만 바라보고 있었다. 리사이클러는 지시대로 움직이기만 할 뿐 지시 내리는 사람 쪽으로 시선을 돌리는 경우는 없었다. 그런데 그날, 기한은 동운을 올려다봤다. 헬멧 안쪽에 있는 녀석의 시선을 정확히 볼 순 없었지만, 시선의 방향은 분명 그랬다.

"기한."

동운은 조용히 기한을 불렀다.

—네. 말씀하십시오.

동운은 주먹을 쥐었다가 손가락 세 개를 폈다. 기한의 시선을 테스트해보고 싶었다. 그는 기한의 정수리 위쪽으로 손을 올렸다.

"지금 내가 손가락 몇 개를 펴고 있지?"

—보이지 않습니다.

"보고 대답해 봐."

동운의 심장이 빠르게 뛰었다. 만약 여기서 녀석이 고개를 위로 든다면, 그날 자신이 헛것을 본 게 아니라는 것이 된다. 그런데 기한은 여전히 정면을 응시한 채 의자에서 몸을 일으켰다. 움직임이 독특했다. 기계의 움직임처럼 허리를 펴고, 양다리를 구부린 상태에서 천천히 동운의 손을 향해 무릎을 폈다. 마침내 기한의 눈이 동운의 손 높이에 닿자, 무릎을 펴는 것을 멈췄다.

—세 개입니다.

기한은 다른 리사이클러들처럼 고개를 돌리지 않았다. 그러나 여전히 불안했다. 이런 단순한 테스트로 그날 본 것을 헛것이라고 치부할 수는 없었다.

"됐어. 앉아."

동운은 아랫입술을 깨물었다. 몇 초간 주저하던 동운은 포크를 쥔 손을 치켜들었다. 왜 이렇게까지 하는지 스스로도 납득되지 않았다. 그러나 불길함은 열고 싶지 않은 문을 열게 하는 법이다. 끝내 동운은 기한의 손등 위로 포크를 힘껏 내리꽂았다.

—파손 위험. 파손 위험. 수리해야 할 수도 있으니 각별히 주의해주십시오.

기한은 미동도 하지 않고 동운의 행동에 주의를 줄 뿐이었다. 동운이 포크를 뽑자 기한의 손등에 생긴 포크 자국 위로 찐득한 검은 액체가 흘러나왔다.

"너, 누구야?"

—기한, 입니다. 모델명 A12110.

기한은 매뉴얼에 입력된 대답만 했다. 동운이 다시 한번 물었지만 대답은 역시 똑같았다.

"한 달 전에 네가 한 말. 그거 뭐야?"

—기록을 찾아보겠습니다. 정확한 날짜와 시간을 알려주십시오.

흥분한 동운과는 달리 기한의 어조는 일정했다.

"네가 여기 처음 온 날 말이야."

—아바리치아 95년, 6월, 15일. 맞습니까?

"맞아."

—당일 기록 전부를 열람하시겠습니까?

"아니. 투입됐던 현장에서 마지막 시간대."

—아바리치아 6월 15일. 장소. 아레스 제3화학공장 옥상. 오후 3시에서 4시까지의 대화록. 열람합니다. 열람에 동의하십니까?

동운이 동의한다고 대답하자 기한은 해당 시간대에 기록된 모든 대화들을 빠르게 읊기 시작했다. 하지만 기한의 기록에는 "재수 옴 붙은 날이었습니다."라는 말은커녕 비슷한 것조차 없었다.

"그럴 리가 없어! 네가 말했잖아."

동운은 기한의 멱살을 잡고 흔들면서 소리쳤다. 하지만 기한은 조금 전에 읊었던 기록만 앵무새처럼 되풀이할 뿐이었다.

어쩌면 별일 아닐 수도 있다. 잘못 들었을 수도, 잘못 봤을 수도 있다. 그럼에도 동운이 이렇게까지 하는 건 마음속에 도사리고 있는 불길함 때문만은 아니었다. 거기엔 자신에게 임박한 죽음을 부정하고 싶은 마음도 포함되어 있었다. 환청이 들리고 환각이 보이다니, 그럴 리가 없었다.

기한의 멱살을 흔들던 손을 놓자 기한은 휘청거리다 충전 의자 위로 넘어졌다. 그 사이 동운은 다시 포크를 치켜들었다. 기한의 손등을 다시 내리찍을 셈이었다.

'그래, 이런 시체 따위가 그런 말을 했을 리 없잖아.'

갑자기 동운은 새벽에 이런 짓을 저지르는 스스로가 우스워졌다. 벽에다 얘기하고 허공에 주먹질하는 것과 다를 바가 없었다. 약이 과했나, 아니면 통증이나 불면증? 아니면 죽음에 대한 두려움 때문에 정신이 나간 걸까? 그때, 나직하게 목소리가 들렸다.

—오늘도 재수 옴 붙은 날이군요.

분명 기한의 목소리였다. 그런데 높낮이가 없는 기계적 목소리가 아니라 감정이 담긴 인간의 목소리였다.

"너 도대체 뭐야? 뭐냐고!"

기한은 가만히 앉아 있었다. 두려움이 엄습했다. 이대로 물러서면 이 환청은 영영 떠나지 않을 것이다. 동운은 기한의 손목을 잡고 기한의 얼굴을 노려보았다. 아직도 손등엔 검은 액체가 피부를 타고 흘러내리고 있었다.

"언제까지 입 다물고 있나 보자!"

동운은 포크를 들어올렸다.

"그만!"

순간, 동운의 손목을 잡은 사람은 김지희였다. 그녀는 동운이 잡은 포크와 기한의 손등을 보더니 실망한 기색으로 동운을 쳐다봤다. 동운은 어리둥절했다.

"대리님? 이 시간에 여길 어떻게……."

직원 숙소는 남녀가 거주하는 층이 엄격히 분리되어 있었고 분명 이곳은 남자 직원들이 머무는 층이었다.

"지금 뭐 하는 짓이야?"

김지희는 포크를 빼앗더니 부스 밖으로 던져버렸다.

"꼭 확인해야 할 문제가 있어서요. 제가 산 물건인데 대리님이 무슨 상관이세요?"

당황스러웠던 것도 잠시, 동운은 김지희의 이런 태도가 불쾌하게 느껴졌다.

"물건? 어떻게 그런 말을 할 수 있어?"

김지희는 기한의 손을 잡고 동운의 눈앞에 들이댔다.

"안 보여? 이렇게 피를 흘리고 있잖아."

조금씩 새어 나오던 검은 피는 기한의 손등을 흠뻑 적시고 있었다.

"기한은 물건이 아니야. 적어도 동운 씨는 그러면 안 되지."

그러면 안 된다니 그게 무슨 말인가? 디오가 냄새 난다고 치우라고 했던 사람은 다른 사람도 아닌 김지희 본인이었다.

"리사이클러도 우리처럼 똑같이 고통을 느낀다고. 피를 흘리잖아. 동운 씨나 이걸 만든 전기련이나 똑같아. 다들 어쩜 그렇게 잔인한지."

격앙되어 있던 김지희는 목이 메는지 말끝이 흐려졌다.

"확인하고 싶었을 뿐입니다. 제가 본 게 있어서요."

"변명하지 마. 기한한테서 확인할 게 뭐가 있다고."

김지희는 손수건을 꺼내 기한의 손등을 닦아주었다.

"이 자식은 지금 계속 거짓된 기록을 알려주고 있어요.

그날 대리님도 들었잖아요. 기한이 어땠는지."

"뭘? 뭐라고 했는데?"

갑자기 동운은 말문이 막혔다. 순간적으로 그 말을 뱉으면 안 된다는 것을 깨달았다. 그건 자신의 운명이 달린 중요한 문제였다.

"뭐라고 했는데? 말해봐."

"……."

"분명히 보고 들었다면서. 기한이 거짓 기록을 말하고 있다며?"

김지희는 집요하게 물었다. 김지희는 지금 동운을 자극하듯 피식대며 비웃기까지 했다.

"못하겠지. 거짓말은 동운 씨가 한 거니까. 그러면서 애꿎은 기한만 괴롭히는 거잖아."

동운은 답답했다. 거짓말을 하는 쪽은 기한이었다.

동운은 충전 부스를 나가려고 했다. 여기에 더 있다가는 화가 폭발할 것 같아서였다. 돌아선 동운을 향해 김지희가 날카롭게 쏘아 댔다.

"오늘은 기한한테 참 그런 날이었겠네!"

갑자기 싸한 느낌이 동운을 휘감았다. 시퍼런 칼날이 목덜미에 겨눠진 듯했다.

"완전 재수 옴 붙은 날."

강한 전류가 심장에서부터 온몸 구석구석 일순간에 퍼졌다. 호흡하는 법을 잊은 것처럼 숨이 쉬어지지 않았다. 동운은 몇 초간 컥컥거렸다. 그리고 다시 부스 안을 돌아보았을 때, 그 순간 벼락같은 충격이 정수리부터 발끝까지 관통했다.

충전 부스 안에 있던 김지희가 보이지 않았다. 기한은 자리에 똑바로 앉아 있었고 기한의 손등에는 아무런 자국도 없었다. 주변은 조용했다.

비틀거리며 동운은 자신의 방으로 돌아왔다. 혼란스러웠다. 꿈일까? 환각일까? 화장실로 들어가 세면대에 찬물을 틀고 얼굴을 흠뻑 적셨다. 카푸치노 두 알을 입에 넣고는 손바닥으로 물을 받아 함께 삼켰다. 그렇게 한참을 찬물로 얼굴을 적셨다.

욕실 거울에 비친 동운의 얼굴은 삼십 대 초반으로는 절대 보이지 않았다. 족히 두 배는 들어 보일 정도로 주름지고 초췌했다.

동운의 눈에 눈물이 고였다. 슬퍼서가 아니었다. 억울했고, 한편으론 두려웠다. 차라리 의사의 말대로 리사이클러가 될 걸 그랬나 하는 후회까지 몰려왔다.

정말 지옥이라는 게 있을까?

거울 속 동운의 얼굴 위로 두 눈에 이글거리는 화염을

닮은 검은 연기가 겹쳐 보였다. 죽음으로 이끄는 유령과도 같은 검은 연기는 동운을 노려보며 절대 벗어날 수 없다고 말하고 있었다. 희망 따위 가지지 말라고. 부정하고 발버둥쳐봐야 결과는 이미 정해져 있다고. 동운은 얼굴 위에서 아른거리는 불길한 이놈에게서 어떻게든 벗어나고 싶은 마음이었다. 눈을 감고 생각했다.

아직 시간이 있다. 아는 사람만 없으면 된다. 그런데 놈은 유일한 목격자일 수도 있다. 반드시 확인해야 한다.

동운은 물기에 젖은 얼굴을 훔치고 세면대 아래를 내려다보았다. 거기엔 세면대 배수 파이프가 벽으로 연결되어 있었고, 바로 그 위에는 작은 플라스틱 덮개가 보였다. 동운의 시선은 그곳에서 떨어지지 않았다.

*

해가 뜨자 악몽은 햇살 뒤로 숨는 듯했지만 동운의 몸은 천근만근 무거웠다. 출근 준비를 마치고 방문을 나섰을 때, 앞에는 기한이 기다리고 있었다. 잠시 기한을 노려보던 동운은 기한을 지나쳐 엘리베이터로 걸어갔다.

숙소 건물을 나와 에르트 본부에 들어선 동운은 곧장 사무실로 올라갔다. 들어가자 김지희가 보였다. 평소처럼 미간을 찌푸린 채 업무를 하는 중이었다. 새벽에 자신을 향해 따지던 그 모습은 찾을 수 없었다.

"나한테 무슨 할 말 있어요?"

시선을 느꼈는지 김지희가 물었다. 그 표정에는 어떠한 감정의 미묘한 흔들림조차 보이지 않았다. 동운은 아무것도 아니라고 말끝을 흐리고 자리에 가서 앉았다. 그러나 어둠 속 복도에 울렸던 저 여자의 목소리가 아직도 귓가에 생생하게 들리는 듯했다.

오후에는 또 출동 명령이 떨어졌다. 늘 그랬듯 빠르게 헬기에 올랐다. 최근 들어 저항세력들의 과격 행동은 다양한 방식으로 이루어졌다. 특히나 제3화학공장 화재 사고 때부터 그들은 발상의 전환을 한 듯했다. 불만과 저항의 메시지로 끝내는 게 아니라 전기련에게 충격을 주는 방법을 찾기 시작한 것이다.

방금 벌어진 비상 상황도 그런 것이었다. 뉴소울시티의 서부 경계 쪽에 있는 데메테르 농장에서 출발한 수송 트럭들은 폐수의 강을 낀 도시의 남쪽 지역을 따라 동부로 가던 중이었다. 그런데 저항세력들이 그 길목을 막고 물품을 탈취하려고 한 것이다. 그들은 어디서 구했는지 카빈 소총까지 사용하기 시작했다. 고객서비스팀이 사용하는 라이플에 비하면 너무나 조악했지만 나름대로 위력이 있었다.

거기다가 그들의 전략이 나날이 치밀해져 고객서비스팀도 대응에 어려움을 겪고 있다고 했다.

현장에 도착했지만 착륙할 곳이 마땅치 않았고 외부에서 진입하기도 쉽지 않았다. 게다가 저항세력의 공격에 로프 하강을 하던 팀원들이 추락하는 일까지 발생했다.

리사이클러들이 먼저 하강하여 목표물 주위를 확보한 후에야 동운은 팀원들과 함께 현장에 진입할 수 있었다.

시끄러운 소음과 비명, 총격 소리 때문에 긴장감이 극에 달했다. 에르트 팀원들은 수송 트럭으로 갔다. 화물칸 물품들은 비닐로 덮인 뒤 두꺼운 끈으로 묶여 있었는데, 대응 4팀은 데메테르의 수확물을 적재함으로 옮기고 호버링하는 헬기에서 내려온 인계선에 매달아야 했다. 그런데 이 물품들을 단번에 옮기기는 쉽지 않아 보였다. 아무래도 헬기들이 여러 번 오가야 할 듯했다. 그 말은 곧, 동운 역시 로프 하강을 여러 번 해야 한다는 것이기도 했다. 그 사이 현장 분위기는 더 심각해졌다. 고객서비스팀에도 부상자가 나오기 시작했고, 저항세력들은 더 많이 몰려오고 있었다.

동운은 적재함 대부분을 무사히 수송했고 마지막 적재함만 남게 되었다. 마지막 적재함을 로프에 잘 걸고 조종사로서 먼저 탑승하기 위해 헬기를 향해 올라갔다. 문제는 그때였다. 탑승을 위해 내린 로프가 하필이면 적재함을 건 로프와 엉키면서 내려가지도 올라가지도 못하는 난처한 상황이 된 것이다.

그때, 저항세력이 던진 화염병들이 근처에서 터지며 검은 연기와 불길을 일으켰다. 허공에 떠 있는 동운은 식은 땀이 흘렀다. 이대로 가다간 추락할 수 있겠다는 불안감이 엄습했다. 상현을 비롯한 2유닛 팀원들은 대롱대롱 매달린 동운을 보며 어떻게 해야 할지 우왕좌왕했다.

"풀 수 있겠어?"

상현이 다급하게 소리쳤다.

"제가 줄을 끊을 수는 없어요! 누군가 위로 올라와서 끊어줘야 할 것 같습니다!"

위험을 감수하고 싶지 않은 팀원들은 서로 눈치만 살피고 있었다. 절망스럽게 아래쪽을 살피던 동운의 눈에 김지희가 보였다. 그녀는 큰 소리로 기한을 부르더니 올라가서 줄을 자르라고 지시했다. 그러자 기한이 달려와 로프를 붙잡고 올라오기 시작했다. 아무런 안전장치도 없는 터라 조금만 미끄러지면 기한조차 완전히 파손될 수 있었다. 바로 그 순간, 동운의 시야가 어두워지며 주변이 일렁였다. 또 그놈이었다. 악몽 속에서 검은 연기 사이로 자신을 노려보던, 화염으로 이글거리던 두 눈. 그 사이로 기한이 올라오고 있었다. 심장은 불규칙하게 뛰며 요란하게 팽창과 수축을 반복했다.

동운 쪽으로 올라온 기한은 동운의 로프 밑부분을 잡고 작은 아미 나이프를 꺼냈다. 엄지손가락으로 튕기듯 칼날을 꺼냈는데 칼날에 반사된 햇빛이 동운의 눈을 찔렀다. 칼이 회전하는 모습은 유독 느리게 보이며 날에 새겨진 글자까지 다 보이는 것만 같았다. 그렇게 한 바퀴를 돌려 기한은 손잡이를 잡았다. 그런데 그 모습이 마치 어디서 본 것처럼 익숙했다. 심장이 밑으로 툭 떨어지는 것 같았다. 데자뷰 같다고 했지만, 그 익숙함은 우연히 느끼는 그런 것이 아니었다. 지긋지긋한 불면증 속에 겨우 눈을 감으면 어김없이 찾아오는 악몽 속에서 본 칼날의 번뜩임 같았다. 매일. 매 순간. 눈이 감겼던 모든 순간 속에 있던 것만 같던 그런 것.

줄이 잘리자 적재함이 바닥으로 떨어졌고, 위쪽에 묶였던 매듭이 풀리면서 동운은 다시 헬기에 오를 수 있었다. 그러는 동안 기한은 다시 지면을 향해 신속하게 하강했다. 헬기 조종석에 앉은 동운의 심장은 여전히 빠르게 뛰고 있었다. 떨리는 손으로 주머니에서 약통을 꺼냈다. 손바닥 위로 통을 흔들자 카푸치노 세 알이 굴러떨어졌다. 동운은 그것을 단숨에 삼켰다. 그래도 진정이 되지 않았다. 그 사이 상현과 동료들이 헬기에 탑승했고 뒤이어 기한을 비롯한 리사이클러들도 탑승했다.

2유닛 헬기는 아수라장에서 빠져나와 본부로 날아가기 시작했다. 사이드미러로 보니 스키드에 올라탄 기한이 보였다. 헬기의 진동과 프로펠러의 바람 때문에 기한의 모습이 혼란스럽게 흔들리며 잔상을 남기고 있었다.

현장에서 돌아오자 여름인데도 사무실 분위기는 을씨년스러웠다. 모두들 내색하지 않았지만, 그들의 눈에 주인이 사라져 정리해야 할 책상들이 보였기 때문이다. 불과 몇 시간 전만 해도 그들과 얼굴을 맞대고 있던 이들이었다. 이런 분위기는 2유닛뿐만 아니라 에르트 본부 전체를 잠식했다. 직원들은 내일의 삶을 장담할 수 없다는 불안감을 실감하기 시작했다.

도시의 갈등은 점점 극에 달했다. 저항세력의 선언문은 이제 노골적으로 뿌려져 그들이 주장하는 바가 뭔지 누구나 알 수 있었다. 노동에 따른 공정한 분배를 실현하고 전기련의 부품으로 살아가는 인간들의 족쇄를 풀어주겠다는 신념을 전파하려는 것이었다. 저항세력의 공격이 더 거세지고 더 잦아지자 에르트 직원들은 매일 아침 초조한 얼굴로 출근해야 했다. 3교대 중에 야간 근무를 자청하는 이들도 꽤 있었다. 그 시간에는 비상 상황이 발생하지 않았기 때문이었다. 동운도 몇 번 야간 근무를 서봤지만 밤낮이 바뀌자 불면증이 더 심해져 그만두었다.

그런데 며칠 사이, 기한에게 이상한 일이 벌어졌다. 충전 의자에서 갑자기 일어나 소리를 치거나 경련이 온 것처럼 몸을 떨기도 했다. 망가져가던 디오에게서도 본 적이 없는 경우였다. 동운은 혼란스러웠다.

한번은 이런 일도 있었다. 새벽에 잠이 오지 않아 찬물에 세수를 했는데, 거울에 비친 기한을 보고 소스라치게 놀랐다. 복도에 있어야 할 기한이 자신의 등 뒤에 서 있었던 것이다. 명령을 내린 적도 없고 문을 열어놓은 적도 없었다.

"너, 왜 여기 있어? 어떻게 들어온 거야! 당장 나가!"

놀란 동운은 소리를 질렀지만 기한은 나가지 않고 대답했다.

—벗어날 수 없어. 절대.

일순간 동운은 얼어붙었다. 동운을 괴롭히는 악몽 속에서 듣던 말이었다. 당황한 동운은 칫솔을 부러뜨려서 뾰쪽한 쪽을 기한에게 향하며 경계 태세를 취했다. 그러고는 떨리는 목소리로 다시 한번 나가라고 지시했다. 기한은 넋을 잃은 것처럼 잠시 그대로 있더니 동운의 지시에 따라 복도로 나갔다.

그날 밤 동운은 졸피뎀을 복용했다. 그런데도 잠이 오지 않았다. 기한이 했던 말이 밤새 맴돌았고, 어두운 방조차 무섭게 느껴져 동운은 집 안의 모든 불을 다 켜버렸다. 뜬눈으로 밤을 지새우니 낮에 졸음이 쏟아지는 상황이 계속됐다. 사무실 의자에서도, 출동하는 엘리베이터 안에서도, 헬기 조종석에서도 까무룩 졸기 시작했는데 그때마다 똑같은 악몽을 꿨다. 이런 상황이 지속되자 동운은 행동까지 굼떠졌다.

거기에 그동안 있었던 일들까지 중첩되었다. 현장에서 줄을 자르던 기한의 손에서 번뜩이던 칼날, 기한의 손등을 포크로 무자비하게 찌르던 동운의 모습, 그 새벽 안개처럼 나타났던 김지희가 내뱉은 말들, 화재 현장에서 자신을 올려다보던 기한의 얼굴, 악몽 속에서 피투성이 된 채 자신의 발을 붙잡던 한 남자의 얼굴까지 어지러이 뒤섞였다. 악몽 속 존재는 헬기 부조종석에 앉았다 사라지기도 하고, 엘리베이터 문이 열렸을 때 그 앞에 서 있기도 했다. 동운은 약을 더 자주 먹을 수밖에 없었다. 결국 동운은 원인을 파악하기 위해 리사이클러 수리 기사와 약속을 잡았다.

수리 기사를 만나기 위해 2구역 남쪽, 폐수의 강을 등지고 자리한 암시장 술집으로 향했다. 수리 기사는 술집에 도착하자마자 연거푸 술잔을 비웠다.

"가끔 그런 이상한 일이 있긴 합니다. 그래서 자기 리사이클러를 해체해보겠다는 사람들도 있긴 한데. 다 의미 없어요. 불법이기도 하고."

작은 잔에 담긴 투명한 알코올을 쭈욱 마신 수리 기사가 벌게진 얼굴로 얘기했다.

리사이클러의 사용에 관한 조항에는 '사적 조사 금지' 조항이 있었다. 리사이클러가 인간이었을 때의 정보들에 관해서는 조사할 수 없게 한 조항이었다. 리사이클러의 정체가 공개되어 유족들이 알게 되면 소유자와 분쟁이 생길 수도 있었고, 정보를 접한 구매자가 반품을 요청하는 경우도 생기기 때문이었다. 무엇보다 리사이클러는 인간이었기 때문에 사적 정보가 공개되면 원칙이 무너질 수도 있었다. 리사이클러의 개발 목적은 어디까지나 부족한 노동력을 채우기 위해서였으니까.

"하지만 이해가 가지 않는데요. 칩에는 업무 매뉴얼 밖에 없잖아요?"

동운은 제 앞에 놓인 술잔을 들고 괜히 빙글빙글 돌리며 말했다. 수리 기사는 입술의 양 끝을 손가락으로 닦더니 설명했다.

"물론 리사이클러는 칩에 저장된 매뉴얼대로 행동하게 만들어졌죠. 뇌의 다른 기능은 죽어 있는 거나 다름없고요. 아니지. 그냥 죽은 거지. 그렇지만 뭐랄까? 리사이클러의 작동 방식은 남아 있는 무의식대로 움직인다고 설명하면 될까요? 여기, 이 잔에 술을 따르라는 명령을 내렸다고 치자고요. 그럼 어떤 사람은 오른손으로 병을 들 거고, 또 어떤 사람은 왼손으로 들겠죠, 또 어떤 사람은 두 손으로 따르기도 할 거고요. 그뿐인가요? 잔을 기울여 조심히 따르는 사람이 있고, 그냥 무턱대고 따르는 사람도 있고, 병 입구를 잔에 걸치고 따르는 사람도 있을 겁니다. 결국 잔에 술을 따랐다는 결과는 똑같지만, 그 과정은 모두 다르잖아요. 리사이클러들은 그런 과정, 이미 각인된 습관의 흔적에 따라 움직일 겁니다. 아마도 그렇지 않겠어요? 제가 리사이클러가 되어보진 않아서 확실치는 않지만요."

자신이 아는 것을 말하자 신이 났는지 수리 기사는 말이 빨라지고 목소리도 커졌다.

"결국 무의식적 습관으로 남은 움직임일 뿐 큰 의미는 없어요. 너무 걱정 안 하셔도 돼요."

"그럼 리사이클러가 말하는 것도 그런 방식인 건가요?"

동운은 수리 기사의 말을 쉽게 믿을 수 없었다.

"글쎄요. 언어는 매뉴얼에 있는 대로 표준어를 쓸 텐데. 무슨 이상한 사투리나 욕을 했나요?"

"그런 건 아닌데, 특정 단어나 문장을 사용하는 경우가 있나 해서요."

취기가 올랐는지 수리 기사는 물기가 어린 차가운 술잔을 들어 뺨에 대고 열을 식혔다.

"흠, 글쎄요, 언어는 매뉴얼대로만 쓸 겁니다. 움직임이야 리사이클러마다 신체 구조가 다르니 제각각일 수밖에 없지만요."

동운은 난감했다. 기한이 했던 말들은, 리사이클러라면 절대 할 수 없는 것이었다. "벗어날 수 없어. 절대."라니, 이걸 도대체 어떻게 받아들여야 할까?

"근데 리사이클러에 대해서 왜 그렇게 알려고 하는 거예요?"

수리 기사가 물었다. 쓰다 버리면 그만인 물건에 왜 그렇게 신경을 쓰는지 이해할 수 없다고도 덧붙였다. 동운은 이유를 더 자세하게 말해줄 수 없어 대강 얼버무리고는 암시장에 온 김에 카푸치노와 졸피뎀이나 사서 가야겠다고 생각하며 슬슬 자리를 마무리하려 했다.

"그런데 아까 저한테 그러시지 않았나요? 췌장암 말기라고. 얼마 안 남았다고요."

갑자기 후회가 밀려왔다. 어차피 한 번 보고 말 사이라는 생각에 방심해서 쓸데없는 이야기를 한 것 같았다. 곤란한 질문을 하면 괜한 의심을 받을까봐 말을 돌리려고 꺼낸 화제였다.

"리사이클러에 대해 굳이 알고 싶다면 말리지는 않겠지만, 알 필요가 있나요? 괜히 의심 사면 더 피곤해져요."

동운도 오기가 생긴 모양이었다.

"궁금한 거 해결하고 마음 편히 살다가 죽고 싶어서요."

동운의 반응에 수리 기사는 말실수했다는 걸 깨달은 듯 멋쩍은 표정을 지으며 화제를 돌렸다.

"요즘 본사 분위기가 안 좋은 것 같더라고요. 그래서 그랬던 건데, 제가 오지랖을 떨었네요."

본사는 전기련을 말하는 것이었다. 전기련 윗선들은 최근 격화되고 있는 저항세력의 테러 때문에 극도로 예민해진 상태였다.

"착복식만 할 수 있으면 그깟 췌장암은 아무것도 아닌데."

동운도 착복식에 대해 들어본 적은 있었다. 착복식이란 '늙고 병든 육체를 벗고 불멸의 청춘을 입는다'는 육신 교체 의식으로, 전기련의 의장사인 아바리치아 기업에서 개발한 최첨단 의학 기술이었다. 인간의 혼을 본체의 육신에서 꺼내 복제한 새로운 육신에 옮겨 심는 기술로, 인간의 혼이란 기억이나 다름없기에 디지털화한 기억을 저장해두었다가 줄기세포로 복제한 육신에 옮기는 방식이었다. 이러한 기술을 이용해 전기련 회원들과 1구역 거주자들은 소도*라는 곳에서 착복식을 통해 영생을 살고 있다고 했다. 그러나 2구역 거주자인 동운에게는 결코 꿈도 꿀 수 없는 방법이었다.

가끔 방송을 통해 전기련 최고 권력자인 류신 의장의 얼굴을 볼 수 있었다. 아바리치아 시대가 시작됐을 때 그는 분명 칠십 대 노인이었다고, 어린 동운은 들었다. 그러나 요즘 방송에서 본 그는 이십 대 후반 정도로 보이는 젊은 육체를 가지고 있었다.

이렇게 1구역에서는 건강한 육체로 교체할 수 있기 때문에 금주나 금연 같은 유의 사항이 없었고, 병을 치료할 의사도 굳이 필요하지 않다고 했다. 동운도 1구역 거주자였다면 고작 15센티미터짜리 췌장에게 인생을 잡아먹히는 일도 없었을 것이다. 동운이 깊은 한숨을 내쉬자 수리 기사가 헛기침을 하더니 입을 열었다.

"그거 알아요? 1구역 거주자들은 다들 집에 은색 가방이 있대요. 그 안에는 불로초 같은 약물이 있다더라고요."

"약물이요?"

동운은 흥미가 생겼는지 수리 기사를 쳐다보았다.

* 과거 대한민국 시절에 있었던 대형 교회들. 영생 기술이 개발되고 신에 대한 믿음이 사라지자 영생을 위한 착복식을 치르는 장소로 재탄생했다.

"1구역 거주자 중에서도 착복식을 자주 할 수 없는 사람들은 그 약물을 가지고 있대요. 착복식을 개발하는 과정 중에 만들어진 건데, 1구역 거주자 중에 불치병에 걸린 사람들이 착복식 기술이 개발될 때까지 버티지 못할 경우를 방지하기 위해서 지급했던 거래요. 그거 한 병이면 온몸의 세포가 리셋이 된다네요. 치료가 아니라 재탄생 수준인 거죠! 지들은 어차피 착복식 할 거면서. 그 약물이라도 암시장에 팔면 안 되나?"

수리 기사는 일부러 아쉬운 표정을 지으며 입맛을 다셨다.

"나온다 해도 너무 비싸고 노리는 사람도 많아서 손에 넣기 힘들겠죠."

동운은 고개를 저었다. 이제 집으로 돌아가고 싶었다.

남은 시간은 점차 줄어만 가는데, 정말 놈의 말처럼 절대 벗어날 수 없는 걸까. 지금 상황에서 동운이 취할 수 있는 행동은 하나였다. 1구역으로 넘어가는 것. 진실을 확인하기 위해서. 자신만 알고 있다는 확신을 얻을 수 있다면 어쩌면 동운은 죽지 않을 수도 있다. 일단 장벽 너머 1구역에 있는 진실을 어떻게서든 봐야만 한다. 이제 정말 시간이 없다.

뉴소울시티는 시커먼 재 같은 어둠에 뒤덮였다. 그렇지만 재 속에서도 저항의 불씨는 언제든 치솟을 기세로 숨이 불어오기만 기다리고 있었다.

*

녹으로 뒤덮인 흉물스러운 공장 그림자가 2구역을 뒤덮고 있을 때, 1구역에 있는 전기련 본부 건물은 달빛을 머금은 구름을 뚫고 머리를 숨긴 채 서 있었다. 거인처럼 우뚝 선 건물의 허리는 황금 벨트를 두른 것처럼 백열등 불빛으로 빛나고 있었다.

황금 벨트 부분은 전기련의 전략기획실 소속 감사팀이 있는 곳이었다. 넓고 층고가 높아 쾌적한 사무실 안에서는 하나같이 흰 셔츠에 갈색 넥타이를 매고 검은색 블레이저를 입은 직원들이 업무를 보고 있었다. 여름임에도 소매를 접거나 걷어 올린 사람이 한 명도 없었다. 감사팀 전체를 감시하듯 한쪽에 자리한 복층의 감사팀장실은 바닥을 제외하고는 사방이 통유리로 되어 있었고, 보고를 받을 때는 통유리가 불투명하게 변해 블라인드 역할을 했다.

짧은 머리에 툭 튀어나온 광대와 눈빛이 읽히지 않을 정도로 작은 눈을 가진 감사팀장 염세일이 엘리베이터에서 내려 사무실 가운데를 성큼성큼 걸어왔다. 그러자 안 그래도 경직된 분위기가 더 얼어붙는 모양새였다. 직원들과 직위가 다르다는 것을 보여주듯 세일은 진회색 슈트를 입고 있었고 넥타이는 매지 않았다.

세일이 팀장실로 가는 계단을 오르며 자켓을 벗더니 그를 따르던 부팀장에게 건넸다. 절절매며 따르던 부팀장은 자켓을 받아들고 팀장실로 함께 들어갔다. 그러자 팀장실 유리벽이 불투명한 하얀색으로 바뀌었다.

세일이 의자에 털썩 앉으며 관자놀이를 짚었다. 아무래도 심하게 문책을 당한 듯했는데, 부팀장은 그를 이렇게 만든 사람이 누군지 잘 알고 있었다. 전기련 의장인 류신의 오른팔 송선우 실장 말고는 없었기 때문이다. 세일보다 어린 송선우 전략기획실장은 세일에게 부담스러운 존재였다. 꼭 직급 때문만은 아니었다. 치밀하고 영악한 송선우는 논리에 빈틈이 없었고 예측은 정확했으며 실행에 있어서도 한 치의 오차가 없었다. 무엇보다 전기련의 최고 권력자인 류신의 절대적인 신임을 받는다는 사실은 감히 세일이 넘볼 수 없게 하는 것이었다. 인공지능의 시대를 지나 지금의 뉴소울시티를 만든 사람이 바로 류신과 송선우였기 때문이다.

"세세하게 분류해서 보고해. 하나도 빠뜨리지 말고."

세일은 부팀장에게 최근 3개월 내에 뉴소울시티에서 벌어진 모든 사건 사고를 보고하라고 지시했다.

세일은 오늘 하루 종일 시달렸던 대책 회의를 다시 떠올렸다. 최근 심해진 저항세력들의 테러 때문에 열린 회의였다. 시작부터 세일을 향한 선우의 문책은 무서웠다. 선우는 비속어나 욕설 없이 꼬박꼬박 정중한 투로 존댓말을 썼는데 그것이 더 두려움을 느끼게 했다.

선우는 세일의 실책을 자근자근, 하나도 놓치지 않고 읊었다. 세일은 할 말이 없었다. 저항세력의 우두머리를 찾으라는 지시를 몇 달 째 이행하지 못하고 있었기 때문이다. 그사이에 영생의 기술을 개발한 초기 개발자들도 테러를 당했고, 그중 핵심 개발자 한 사람이 사망하는 일까지 있었다. 그 사고는 류신과 전기련 회원들에게 충격이었다. 다행히 기술의 데이터를 복원하긴 했지만, 하마터면 향후 5년 정도는 착복식을 할 수 없을 뻔했다.

저항세력은 자신들을 '콜필드'라고 지칭했다. 세일이 그렇게 닦달해서 저항세력들을 색출했지만, 콜필드가 등장한다는 그 책의 원본을 찾지는 못했다. 분명 리더라는 놈이 원본을 가지고 있을 것이다.

그들은 착복식을 통해 생명을 연장하는 세태를 비난하며 "모두에게 죽음이 공평하게 돌아가야 한다"고 주장했다. 그랬기에 1구역까지 몰래 들어와 바이오 기술 개발자들에게 테러를 저지른 것이다. 그들의 목적은 전기련이 만든 시스템을 전복하는 것이었다. 영생이란 기술을 없애고, 1구역 거주자들을 위해 쓰이는 2구역 거주자들을 해방시켜, 부도덕한 이 도시를 다시 정의의 도시로 되돌려야 한다고 주장하고 있었다.

생각이 꼬리에 꼬리를 물던 세일은 이상한 직감이 들었다. 철저한 통제 때문에 2구역 거주자들은 1구역 출입이 쉽지 않다. 그럼에도 1구역에서 테러로 의심되는 사고들이 연이어 벌어지고 있다.

세일은 자리 뒷쪽에 있는 커다란 모니터를 올려다보았다. 거기엔 뉴소울시티의 모든 지역이 실시간으로 송출되고 있었다.

"1구역에서 벌어진 사고만 추린 보고서도 지금 당장 준비해."

부팀장은 바로 올리겠다고 대답하고 팀장실을 나갔다. 세일은 1구역 쪽 모니터들을 유심히 지켜봤다. CCTV에 보이는 거리는 평온해 보였다. 세일은 천천히 고개를 끄덕였다. 뭔가를 깨달은 모양새였다.

5장

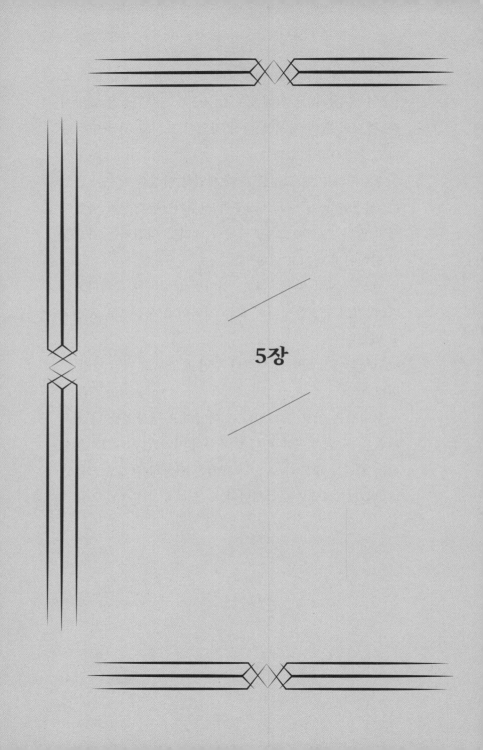

은화 30냥

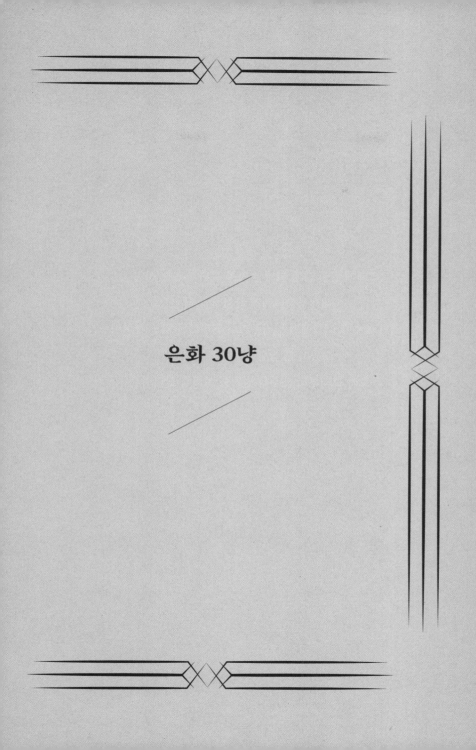

그때에 열둘 중의 하나인 가룟 유다라 하는 자가

대제사장들에게 가서 말하되,

내가 예수를 너희에게 넘겨주리니 얼마나 주려느냐 하니

그들이 은 삼십을 달아주거늘,

그가 그때부터 예수를 넘겨줄 기회를 찾더라

-마태복음 26장 14절-16절

두꺼운 표면을 세차게 두드리는 진동 소리가 넓은 공간에 울렸다. 아치형 돔 천장의 오쿨루스*를 덮은 유리 위로 쏟아지는 소나기 소리였다.

거룩하고 신성해 보이는 이곳은 소도였다. 전라로 욕조에 두 팔을 걸친 채 몸을 담그고 있던 선우는 계속 오쿨루스를 올려다보고 있었다. 오쿨루스 너머로 농도가 옅은 먹물을 뿌려놓은 듯 잿빛으로 변한 하늘이 보였는데, 유리 위로 흐르는 빗줄기때문인지 흐물흐물한 아지랑이처럼 보였다.

오랜 세월 예배당이었던 이곳은 작은 규모의 고대 마야

* 오쿨루스oculus는 라틴어로 눈eye을 의미한다. 로마 판테온의 돔 정상부에 있는 원형 개구부 이름이자, 그와 비슷한 모양의 둥근 창을 뜻하기도 한다.

문명의 쿠쿨칸 피라미드 같은 형태를 띠고 있었다. 사람들이 앉은 회중석에서 중앙 제단을 올려다보게 되어 있었다. 회중석은 3층까지 있었고 제단에 오르려면 거기서도 오십 개나 되는 계단을 더 올라야 했는데, 계단의 목적처럼 그 위에 올라섰던 사람의 위세가 어떠했을지는 누구나 상상할 수 있었다.

곧 소나기가 그치고 창백해진 햇살이 제단 위로 쏟아졌다. 소도의 내벽에는 아바리치아 이전 시대, 종말이 닥치기 전 지옥이나 다름없던 서울의 모습과 고통받는 사람들의 모습, 그리고 그들을 구제해주는 전기련의 모습이 벽화로 기록되어 있었고, 벽 안쪽에는 금칠된 두상들이 진열된 진열대들이 나란히 있었다. 대부분 전기련 회원사 수장들의 얼굴이었고 제단과 가장 가까운 곳에 있는 두상은 류신의 것이었다. 그리고 그 옆에는 송선우의 두상이 있었다. 소도의 개념과 도시 내에서의 소도의 역할, 그리고 아바리치아 시대에 소도가 어떤 상징이 될 것인지를 정교하게 고안해낸 사람이 바로 선우였다.

과거 메시아의 재림을 미끼로 부와 권력을 과시하는 초대형 교회였던 이곳은 교회를 지키던 자들이 사라지며 텅 빈 껍데기가 되었다. 이후에 대한민국을 인수한 전기련이 생명 공학 분야의 마지막 경지인 영생 기술 개발에 성공하면서, 이곳은 소도로 재탄생했다. 소도의 외관은 물론 내부 모습은 새로운 시대가 도래했음에도 여전히 범접할 수 없는 분위기를 자아냈고, 이곳에 들어오는 사람은 그 분위기에 압도되어 절로 겸손해졌다.

영생의 세례를 받은 1구역 거주자들은, 종말 이전에 믿었던 모든 신앙을 내다버리고 자신을 죽음으로부터 해방시켜준 소도를 향해 뜨거운 경배를 올리곤 했다.

선우는 제단에 있는 두 개의 욕조 중 하나에 몸을 담그고 있었다. 욕조들 뒤로는 제단 넓이의 절반을 차지할 정도로 큰 카푸트라는 기계가 놓여 있었는데 카푸트는 인간의 뇌와 비슷한 모양새였다. 선우는 탄탄한 몸매와 반듯한 이마, 그 아래로 우뚝 솟은 콧날과 날렵한 턱선, 조화로운 이목구비를 가지고 있었다.

"송 실장님, 시작할까요?"

말끔한 인상의 사내가 다가와 선우에게 조심스럽게 물었다. 그는 테일러였다. 선우가 고개를 끄덕이자, 중세 수도승들처럼 후드가 달린 가운을 입은 소도원들이 후드를 쓴 채 카푸트와 욕조 사이를 분주하게 오가며 케이블을 연결했다. 그들 옆에서는 진회색 슈트 셋업을 입은 테일러가 의식을 준비하고 있었다.

"센터장께선 신을 믿으시나요?"

선우는 머리를 쓸어 넘기며 오만한 눈빛으로 물었다. 센터장은 바로 옆에 서 있던 테일러였는데, 그는 지금 선우가 있는 소도 제5센터 책임자였다. 중후한 느낌의 턱수염과 뒤로 넘긴 앞머리에 듬성듬성 흰머리가 섞인 것으로 보아 연배가 있다는 걸 대번에 알 수 있었다.

"왜 그러시죠?"

센터장은 가끔 던지는 선우의 질문이 부담스러웠다. 그가 하는 모든 말과 행동에는 뼈가 있었고, 가시가 있었고, 음모가 있었다. 센터장은 선우 내면의 까만 주머니에서 언뜻언뜻 삐져나오는 송곳날을 자주 보았던 터였다.

"사람들은 저 구멍이 신의 눈이라고 했다더군요. 신이 인간을 내려다보는 거라고. 정말 그렇다면 신이 지금 나를 어떻게 보고 있을지 궁금하지 않아요?"

선우가 오쿨루스를 보며 물었다. 센터장은 선우의 질문 속에 있는 덫을 피하려고 말을 돌렸다. 혹시나 소도의 존재를 부정하거나 착복식을 깎아내리는 대답을 했다가는 어떤 조치를 받을지 알 수 없었다.

"신이 있는지 없는지 저는 관심이 없습니다. 어차피 이제 이 땅 위엔 죽음이란 존재하지 않으니까요. 신이 있다고 한들 뭘 할 수 있겠습니까?"

"그렇죠. 무슨 상관이 있겠어요. 가지지 못할 물건을 쳐다보는 느낌일 텐데. 침을 꼴깍꼴깍 삼키면서. 주먹을 부르르 떨면서 말이죠."

선우는 센터장을 향해 웃었다.

"시작하죠."

선우의 말에 테일러가 선우의 척추에 주사기를 꽂았다. 우유처럼 하얀 마취제가 천천히 선우의 몸으로 흘러 들어갔다. 발끝부터 서서히 몸이 따뜻해지자 선우는 나른함을 느꼈다. 그 순간, 새로운 묘수가 떠올랐다.

"스스로 썩게 만들 상처 하나를 찾는 게 나으려나?"

저항세력의 본진을 제거할 묘수를 찾은 것이 기분이 좋았는지 선우는 연신 웃음을 터뜨렸다. 그의 웃음소리가 본당 안에 불길한 메아리를 만들었다.

소도원들은 카푸트에 메모리 패널을 꽂고 발전기의 전원을 켰다. 소음과 함께 카푸트가 진동했고, 무언가가 케이블을 타고 욕조와 카푸트 사이를 왔다 갔다 했다. 센터장이 제단 앞으로 나아가 두 손을 벌리고 의식을 시작했다.

"보라. 이전 것은 지나갔으니, 새것이 되었도다."

선언이 끝나자, 다른 욕조 안에 담긴, 선우와 똑같이 생긴 새로운 육체가 모습을 드러냈다.

*

같은 시각, 동운은 또다시 홀로 진통제를 삼키며 언제일지 모를 자신의 차례를 기다리고 있었다.

"박정경 주임, 들어오시죠."

사무실 문을 열고 들어온 사내가 문 쪽에 앉아 있던 직원을 불렀다. 불려 나가는 직원의 표정은 어두웠다. 그가 나가자, 사무실에는 짙은 한숨과 시계의 초침 소리만 들릴 뿐이었다.

오늘은 대응 4팀의 차례였다. 일주일 전쯤부터 전기련 본부에서 감사팀원들이 에르트 본부로 파견을 나왔는데, 비단 에르트뿐만 아니라 전기련 소속 회원사들의 계열사, 공장, 고객서비스팀까지 파견을 나왔다고 했다. 이렇게 전 부서에 걸쳐 감사를 시행한 건 이례적인 일이었다.

감사를 하는 이유는 그놈들 때문이었다. 콜필드란 이름을 도시 내에 퍼뜨린 저항세력들. 그들은 어디선가 나타나 자꾸만 선언문을 뿌렸다.

눈을 떠라.

장벽을 넘어 그들의 탑을 무너뜨리자.

우리들은 통조림이 아니다.

권력을 파괴하라.

권위를 파괴하라.

무지를 파괴하라.

도시의 거짓된 우상들을 무너뜨려라.

도시를 점령하라!

공격하라!

악의 도시에 새롭고 진실한 영혼을 불어넣어라!

처음엔 전기련도 해프닝 정도로 취급했다. 그러나 시간이 갈수록 녀석들의 행동은 더욱 과감해졌고, 거기에 동조하는 사람들 역시 점점 늘어나고 있었다. 그들은 사람들을 부추겨 전기련에게서 권력을 빼앗고 그들 역시 유한한 존재로 만들어야 한다고 자극하고 있었다. 소도와 줄기세포 연구소, 바이오 공학 상품을 생산하는 공장 같은 시설들을 끊임없이 공격했다.

저항세력은 항상 "죽음을 제자리에 돌려놓아야 한다"고 주장했다. 죽음이 없기에 전기련이 탐욕을 채우려 폭주하는 것이고, 죽음이 없기에 정의나 도덕성을 하찮게 생각하는 것이고, 죽음이 없기에 2구역 거주자들의 목숨 따위에 신경을 쓰지 않는다고 했다. 그들이 처음 등장했을 때는 다들 관심을 가지지 않았다. 먹고살기도 급급한데 손에 잡히지 않는 진실을 신경을 쓸 겨를이 없었다. 그렇지만 처음부터 큰 기둥과 뿌리가 생기는 나무는 없다. 바람을 타고 날아온 씨앗 하나면, 그것이 움틀 땅만 있으면 충분했다.

뉴소울시티라는 황폐한 땅은 저항의 옥토가 되었고, 콜필드를 따르는 자들의 선언문은 작은 홀씨가 되어 그 위에 움트기 시작했다. 씨앗은 불씨가 되어서 2구역의 가장 어두운 곳부터 불길을 일으켰다.

전기련은 그들을 소탕하려 했으나 수증기같이 움직이는 그들은 전기련의 손아귀에 잡히지 않았다. 긴 회의 끝에 내린 결론은, 전기련 내부에도 저항세력에 동조하는 자가 있다는 판단이었다. 그렇게 해서 이번 대규모 감사가 진행된 것이다.

"곽동운 씨. 들어오시죠."

동운은 힘겹게 몸을 일으켜 책상 사이를 걸어갔다. 문까지 걸어가는 동운의 다리가 떨렸다. 중력이 동운의 몸을 더 세게 잡아당기는 기분이었다.

"잠깐만요, 동운 씨."

동운의 발걸음이 멈췄다. 동운을 부른 사람은 김지희였다. 그녀는 조사를 이제 막 마치고 나오던 참이었다.

"네?"

김지희의 눈빛에서 뭔가 느껴졌다. 김지희는 그날 화재 공장의 계단에서 동운을 바라봤던 눈빛을 하고 있었다. 무언가를 간절히 부탁하는, 그런 눈빛이었다. 동운은 혼란스러웠다. 그 새벽 복도에서 자신에게 모질게 비난하던 사람이 아니었던가.

김지희의 얼굴은 겨울 창문에 얼어붙은 성에처럼 창백했다. 쏟아져 나오려는 수많은 감정과 말들을 사력을 다해 막는 듯 입술이 파르르 떨렸다. 동운은 여기서 멈춰 서 있다가는 의심을 받을지도 모른다는 생각에 먼저 입을 열었다.

"업무 관련된 건 이따가 말씀하시죠."

동운은 고개를 돌리고 그대로 사무실 안으로 들어갔다.

"대응 4팀 2유닛 소속 곽동운 씨, 앉으세요."

감사팀 선임대리 세 명이 모니터 패널을 앞에 두고 동운을 번갈아 훑어보고 있었다. 압박감이 동운을 짓눌렀다. 의자에 앉자 심장 박동이 점차 빨라졌다. 옆에 있던 감사팀원이 동운의 머리와 팔목에 전선이 연결된 패치들을 붙였다. 동운은 팔다리가 테이프로 고정된 채 곧 해부될 개구리의 심정을 알 것 같았다.

"저희 질문에 진실하게 대답하시면 됩니다. 다만 그렇지 않을 시에는 그에 해당하는 조치를 받게 될 겁니다. 알겠습니까?"

"네."

남자 하나가 동운을 보고 미소 지었다. 그는 동운이 들어왔을 때부터 동운은 보지 않고 자기 앞에 있는 모니터만 들여다보고 있던 사람이었다.

"동운 씨, 많이 떨리죠?"

친절한 목소리로 달래듯 감사팀 선임대리가 말을 건넸다. 순간 동운은 그 목소리에 희망이란 걸 걸고 싶었다.

"알다시피 요즘 회사 분위기가 많이 안 좋아요. 우리도 이렇게 나와서 일일이 조사하는 거 매우 피곤한데 어쩔 수 없잖아요. 의장님께서 걱정을 많이 하셔서요. 그러니 좋게 빨리 끝냅시다. 서로 피곤하지 않게."

동운은 그의 나긋나긋한 위협에 고개를 끄덕였다. 앞에 앉은 세 사람의 투명 모니터 패널에는 입체화된 동운의 얼굴이 천천히 회전하고 있었다. 그 밑으로 가족관계, 입사 연도부터 직업교육 수료 연도, 보유 분각까지 동운에 관한 정보가 표시되어 있었다. 그 옆으론 맥박, 뇌파, 동공 움직임 등이 체크되는 중이었다.

"이거 읽어본 적 있죠?"

선임대리는 종이 한 장을 동운에게 들어 보였다. 저항세력의 선언문이었다.

"네. 있습니다."

동운은 질문이 끝나기도 전에 대답했다.

"어때요? 이 선언문을 읽은 느낌이?"

"헛소리죠. 말도 안 됩니다. 미친 새끼들이죠."

그러자 선임대리는 피식 웃었다. 모멸감이 들었지만 지금 그런 게 중요한 게 아니었다.

"전 한편으로는 그럴 만하다고 보는데. 사람들이 통조림은 아니잖아요. 이 사람들 말처럼."

"회사에서는 이미 고객들에게 충분히 좋은 서비스를 제공해주고 있습니다. 그런데 통조림이라뇨. 그놈들은 지들이 열심히 일하지 않은 결과를 애먼 데다 탓하고 있는 겁니다."

동운의 대답을 듣더니 선임대리는 장난스럽게 탄성을 질렀다. 그러자 옆에 있던 직원들도 장단을 맞추듯 웃음을 터뜨렸다.

"오늘 만난 사람들 중에서 가장 인상적이네요. 동운 씨."

선임대리는 잠시 뜸을 들였다. 동운은 이 질문이 마지막이길 바랐다.

"최근 이상한 것 본 적 있죠?"

동운의 맥박 그래프에 미동이 일었다.

"아뇨. 없었습니다."

동운의 대답을 듣자, 선임대리의 눈빛 온도가 내려갔다.

"아, 거짓말은 진짜 싫은데. 정말입니까?"

설마 알고 있는 걸까? 방금 전 복도에서 김지희가 자신을 애타게 쳐다본 이유를. 동운은 머릿속이 복잡했다. 안다면 어디까지 아는 걸까.

"기억이 나질 않습니다."

"말이 달라지네."

선임대리는 나지막하게 밀어붙였다.

"당신이 콜필드지? 그렇지?"

호흡 곤란이 올 정도의 압박감이었다.

"아닙니다. 절대. 전 절대 아닙니다."

"전 절대 아닙니다? 그럼 누군데?"

"그게 아니라, 저는 콜필드가 뭔지도 모르고요, 저는 진짜 아닙니다."

두려움에 휩싸이면 자존심 따위는 보잘것없어진다. 동운의 목소리가 떨렸다. 선임대리는 동운을 뚫어지게 쳐다보았다.

"당연히 당신은 아니지. 우리가 그걸 모르겠어요? 농담이잖습니까. 그런데 거짓말은 하지 마세요. 알겠습니까?"

"네."

그들은 역시 심리적으로 상대를 굴복시키는 데 능했다. 동운은 지금 그들 앞에 발가벗겨진 채 간신히 서 있는 기분이었다.

“최근 2유닛이 비상 상황 출동한 기록을 봤는데 평소보다 늦더라고요. 미묘하게 말이지. 현장에서 대응하는 시간도 그렇고. 알고 있죠?”

동운도 알고 있었다. 화학공장 화재 때도 손실이 너무 컸던 탓에, 통제실에서 대응 부실 문제로 상현을 문책한 적도 있었다. 그뿐 아니라 수송 트럭 탈취 사건 때도 결국 마지막 적재함을 놓치는 바람에 그 손실을 에르트 팀원들에게 분담시켜 메꾸게 했었다.

“네. 알고 있습니다.”

“본인이 생각할 땐 어때요? 헬기 조종사잖아. 현장에 가는 타이밍이 어땠는지 제일 잘 알 텐데.”

보통은 출동 명령이 떨어지면 동운이 시동을 켜기도 전에 모두가 탑승을 완료했다. 그런데 언젠가부터 이런저런 사유로 출동 타이밍이 늦긴 했었다. 그렇지만 동운은 몸도 좋지 않은 상황에서 그런 것까지 확인할 여력이 없었다.

“잘 모르겠습니다. 저는 그냥 조종사일 뿐입니다. 명령에만 따를 뿐, 다른 걸 생각하고 판단할 권한도 없습니다.”

계단에서 김지희를 목격한 그 이야기를 꺼내고 싶지 않았다. 괜히 엮이고 싶지 않았기 때문이었다. 감사팀의 먹이가 되면 이 정도로 끝나지 않을 것이었다.

"리사이클러야, 뭐야. 대답이 뭐 그럽니까?"

선임대리는 비웃듯이 한마디 내뱉었다. 그의 비아냥을 부인할 수 없었다. 동운이 포크로 무참히 기한의 손등을 내리찍었듯 이들도 지금 동운의 머릿속을 송곳으로 내리찍고 있었다.

또다른 감사팀원은 화학공장 화재 사건에 관해서 물었다. 불이 심하게 옮겨붙은 게 언제쯤인지. 저항세력들의 움직임에 대해서 아는 게 있는지. 대응팀이 불을 끄는 데 왜 그렇게 오래 걸렸는지. 동운은 출발할 때부터 철수할 때까지 자신이 본 것을 있는 그대로 대답했다. 단 한 가지, 계단에서 김지희를 본 것만 빼고.

"그렇군요. 하지만 우리가 면밀히 검토해보니 몇 가지 이해가 되지 않는 게 있었어요."

그는 말을 이어갔다. 팀의 우선적 임무는 '화재 진압'이었는데, 그 조치를 취하기도 전에 기다렸다는 듯이 저항세력이 가연성 물질이 있는 창고에 불을 질렀다는 것이다. 그 결과 4팀의 리사이클러들이 전멸하다시피 했고, 대응팀의 업무 역량은 극도로 감소했다. 이런 일은 비단 4팀뿐 아니라 다른 팀에서도 있었는데, 선임대리가 보기엔 저항세력의 덫에 걸려 벌어진 일이 아닐까 싶다고 했다. 그것 때문에 현재 전기련의 비상 상황 대응 능력에 허점이 생기고 있다는 게 그의 결론이었다.

“그들이 파놓은 덫이라거나 함정이라는 건 진짜 모르겠습니다. 전 제게 주어진 일을 하는 것만으로도 정신이 없거든요.”

그는 물끄러미 동운을 계속 쳐다봤다. 뭐든 더 말하라는 것 같았다. 동운은 정면에서 날아오는 그 눈빛들을 피할 수 없었다.

“그건 아마 대응팀 인력에 비해 최근 비상 상황 발생이 많아서 그런 걸 겁니다. 함정 때문인지 아닌지는 모르겠습니다. 믿어주십시오. 제가 아는 건 여기까지입니다.”

“정말요? 확실해요? 말 안 한 건 없고?”

“정말입니다.”

그는 울먹이는 동운을 쳐다보았다.

“이상하다. 그날 그 공장에서 발생한 사망자 중에 저항세력의 선언문 초안을 만든 남자가 있었거든요? 다 타버린 공장 비상구 계단에서 발견됐죠. 숯검댕이가 됐는데. 신원을 확인하느라 우리가 아주 고생했어요. 다행히 이빨 하나가 남아 있어서 찾아낼 수 있었죠.”

이미지 하나가 동운의 뇌리를 스쳤다. 김지희 앞에서 곧 절명할 상태로 숨을 몰아쉬던 그 남자. 피에 흠뻑 젖은 채 뜨거운 열에 온몸이 그을려 있었다.

"누군가 내통한 사람이 있다는 의심이 들 수밖에 없는 상황이잖아요. 안 그래요? 그런데 동운 씨는 본 게 없다고?"

"믿어주세요. 맹세코 전 아는 게 없습니다. 거짓말은 절대 안 합니다."

지금 동운은 자리에서 일어나 선임대리의 가랑이 밑으로 기어서라도 갈 기세였다. 머리를 조아리며 살려달라고 연신 외쳤다.

"안 되겠네. 곽동운 씨. 당신 리사이클러를 압수해서 메모리를 확인해봐야겠어."

그의 말처럼 됐다가는 그날 계단에서의 일과 환각인지 실재인지도 구분되지 않던 그날 새벽의 일도, 어쩌면 자신을 올려다보며 머리카락을 쭈뼛 서게 했던 기한의 말들까지 모두 저들이 알 수 있게 될 지도 모르는 일이었다.

"정말입니다. 제발 믿어주세요……."

동운은 간절한 표정으로 감사팀 직원들을 쳐다보았다. 그러자 선임대리는 고개를 끄덕이며 웃었다.

"하긴 동운 씨가 거짓말을 할 리가 없지. 뭐 하러. 남는 장사도 아닌데. 3개월? 아니다. 이젠 그 정도도 안 남았죠?"

그들에게는 동운의 진료 기록도 있었다. 동운은 아무런

대답도 하지 못했다. 이 사실이 사무실 밖으로 흘러나가면 끝이다. 혹은 이들이 동운의 해고를 결정할 수도 있다. 동운은 보이지 않는 밑바닥으로 추락하는 기분이었다.

"그러니까 이런 사람이 무슨 거짓말을 하겠어. 안 그래?"

선임대리의 질문에, 양옆에 있던 대리들도 고개를 끄덕이며 맞장구쳤다.

"『호밀밭의 파수꾼』이란 소설, 들어본 적 있어요?"

동운은 고개를 가로저었다. 그러자 선임대리가 설명해 주었다. 저항세력들이 필독하는 책으로, 그들에게 가장 큰 영향을 끼친 소설인데 작중에 콜필드란 소년이 주인공이라고 했다. 동운은 전부 처음 듣는 이야기였다. 살면서 책이란 건 본 적도 없었고, 업무 매뉴얼이나 선언문이 아닌 글자는 본 적도 없었다. 소설이란 단어조차 생소했다. 누군가가 심혈을 기울여 만드는 이야기인 소설이라는 건 동운과는 다른 세계에나 존재하는 것이었다.

"이걸 읽는 놈들이 바로 뉴소울시티를 좀먹는 쥐새끼들이죠. 도시를 병들게 하는 병균을 이리저리 옮기면서 말이에요. 동운 씨가 도와줄래요? 그놈들을 찾을 수 있도록."

선임대리는 모니터 패널 화면을 동운 쪽으로 돌렸다. 아주 낡은 책 표지에 적힌 제목이 눈에 들어왔다. 호밀밭의 파수꾼. 방금 선임대리가 얘기한 소설의 제목이었다.

"그걸 제가 어떻게……."

"새 옷을 입게 해줄게요. 그럼 해고 안 당할 수 있잖아? 계속 살아야지."

순간 동운은 멍한 느낌이었다.

"곽동운 씨 상태는 아무에게도 말하지 않을 테니까, 이 책을 가지고 있는 놈을 찾아와요. 증거와 함께."

"네? 그, 그럼…… 차, 착복식을 할 수 있는 건가요?"

입술이 떨려 잘 떼어지지 않았다.

"그럼요. 난 거짓말을 정말 싫어해요. 약속은 반드시 지킵니다. 그 신뢰에 대한 대가는 내가 보증하죠."

선임대리는 동운을 뚫어지게 보면서 웃고 있었다. 동운은 지금 이 상황도 환각인지 실재인지 헷갈렸다. 나한테 착복식을 할 기회를 준다니. 온몸이 떨렸다. 그의 질문이 뇌 속으로 들어와 벼락과 바람을 일으켰고, 몸속의 바다가 세찬 파도와 함께 이리저리 출렁이는 기분이었다. 지긋지긋한 통증도 느껴지지 않았다.

동운은 어떻게 자리로 돌아왔는지 기억이 나지 않을 정도로 멍했다. 여전히 에르트 본부는 감사를 진행하는 중이었고, 전기련 감사팀 직원들이 기한을 가져갔다. 아마 일주일 뒤쯤 돌려줄 것이다.

'『호밀밭의 파수꾼』 필사본을 찾아야 한다. 내가 살 길은 그것뿐이야.'

동운은 짐작 가는 것이 있었다. 선임대리가 말한 '저항세력들과 내통하는 배신자'가 누구인지 알 것 같았다. 이제 증거만 있으면 된다. 그것만 있으면 고통에 찌들어 만신창이가 된 몸뚱이와는 끝이다. 착복식만 한다면! 한 달 뒤에 있을 정기 검사에서도 해고될 일은 없을 것이다. 물론 저들이 압수해간 기한의 메모리가 문제가 될 수도 있긴 했지만.

'하지만 진실은 기한의 메모리에 있는 게 아니야. 단순한 대화 정도로 그들은 진실을 찾지 못할 거야. 그러니 찾아내는 것이 먼저다. 증거. 확실한 증거를!'

동운은 김지희와 눈이 마주쳤다.

아까 전에 보았던 그녀의 간절한 눈빛은 온데간데없었다.

6장

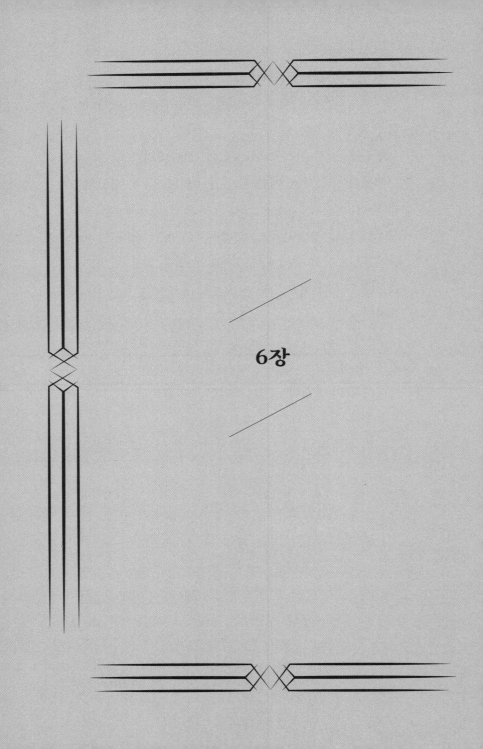

팩트

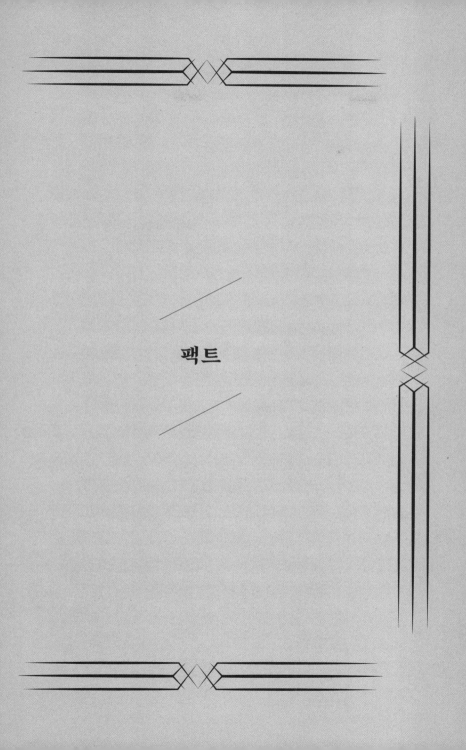

팩트Fact :

주장, 의견.

허구의 반대말.

직원 숙소의 밤은 고요했다. 복도의 타일 바닥 위로 비상구 녹색 불빛의 잔상이 반사되었다. 그 사이로 신발을 신지 않은 동운이 소리가 나지 않게 빠른 걸음으로 지나갔다.

확실했다. 선임대리의 말이 맞다면, 동운이 봤던 남자가 최초의 필사본을 쓴 사람일 것이다. 그때 김지희는 그가 죽기 전 어떤 대화를 나눴다. 동운이 빨리 가자고 손을 내밀었음에도 김지희는 죽어가던 그를 보며 미련의 눈빛을 내비쳤다. 둘은 아마 각별한 사이였을 것이다.

오늘 김지희는 당직이었다. 그러므로 아침 8시까지는 숙소에 복귀할 일은 없을 것이다. 점심시간을 틈타 동운은 김지희의 자리에서 여분의 숙소 출입 카드를 훔쳤다. 때마침 새로운 리사이클러들이 도착해서 사무실은 매우 분주한 상태였다. 직원들이 자신의 새 리사이클러를 데리고 부스로 나간 틈을 타, 동운은 김지희의 책상 서랍에서 출입카드를 찾았다.

그런데 카드를 집어 드는 순간, 하필 김지희가 리사이클러와 함께 사무실로 들어왔다. 동운은 아무렇지 않은 척 자신의 자리로 돌아왔다. 온몸의 피가 얼굴로 쏠리는 것 같았다. 심장이 사정없이 뛰었다. 다행히 그녀는 눈치채지 못한 듯했다.

퇴근 시간이 되자마자 동운은 숙소로 돌아와 긴 여름 해가 떨어지기를 기다리고 있었다. 진통제도 졸피뎀도 먹지 않았다. 행여라도 잠이 들면 모든 게 허사가 되기 때문이었다. 방 안은 너무나 조용했고, 온몸은 통증으로 가득 찼다.

창문 안으로 들어오던 햇살이 주홍색으로 변하면서 방 안의 그림자들이 길게 늘어나기 시작했다. 천장에 그려진 그림자를 올려다보며 동운은 생각에 잠겼다. 경우의 수들이 오르락내리락했다. 그러다 보니 느낄 일 없는 허기까지 느껴졌다. 그렇다 해도 먹을 수 있는 거라곤 두유와 곡물 가루를 섞은 쉐이크밖에 없었다. 이미 암이 식도까지 전이됐는지 작은 초콜릿 하나 삼키는 것조차 버거웠다. 그나마 목구멍을 타고 넘어가는 쉐이크는 몸속의 열기를 조금이나마 식혀주는 듯했다.

그림자는 어느새 사라지고 밤이 왔다. 여직원들의 숙소는 2층부터 10층까지였고, 11층부터 25층까지는 남직원들의 숙소였다. 동운의 방은 16층에 있었고, 김지희의 방은 7층에 있었다. 그쪽으로 내려가야 했다. 동운은 김지희의 출입 카드를 들고 복도로 나섰다. 행여나 발소리가 들릴까 신발도 신지 않았다.

너무 떨려서 숨도 제대로 쉬어지지 않았다. 비상구의 녹색 불빛과 달빛이 뒤섞여 복도 안을 채웠고, 소화전의 빨간 등도 보였다. 동운은 비상구를 향해 걸어갔다.

—재수 옴 붙은 날입니다.

순간 동운은 심장이 얼어붙어 발걸음을 멈추었다. 앞으로 나가려던 관성에 몸이 잠시 기우뚱했다. 약을 먹지도 않았는데 녀석의 목소리가 들렸다. 고개를 돌려 소리가 난 쪽을 쳐다보았다. 그곳에는 충전 부스가 있었고 리사이클러 둘이 충전 의자에 앉아 있었다. 리사이클러 중 하나는 여성이었으니 그런 목소리가 날 리 없었다. 다른 하나는 사용 기한이 거의 다 되었는지 슈트와 헬멧 곳곳에 흠집들이 보였다. 둘 다 분명 기한은 아니었다. 그럼 대체 누구란 말인가.

지금 동운이 서 있는 복도는 새벽에 기한을 붙잡고 포크로 내려찍던 그곳이었다. 식은땀이 목덜미를 타고 흘렀고,

어지러움이 느껴져 여러 번 크게 숨을 들이마셨다.

—재수 옴 붙은 날이지.

끔찍한 꿈에서 본 그 남자의 목소리가 들렸다.

—재수 옴 붙은 날이었습니다.

자신을 올려다보며 말했던 기한의 목소리가 들렸다.

—참 그런 날이었겠네! 완전 재수 옴 붙은 날.

이 복도에서 서슬 퍼렇게 쏘아대던 김지희의 목소리도 들렸다.

—벗어날 수 없어. 절대.

오작동처럼 자신을 향해 얼굴을 들이밀던 기한의 목소리가 들렸다. 목소리들이 메아리치며 기괴한 소음이 되어 동운의 고막을 흔들었다. 어지러움이 몰려들었다. 바닥이 동운의 눈앞으로 달려들었고, 복도 바닥이 늘었다 줄었다 하며 일렁거렸다. 벽이 녹아내리고 있었다.

동운은 계단 바닥에 나뒹굴었다. 계단은 위아래로 뫼비우스의 띠처럼 계속 회전했다. 검은 연기가 복도 천장에서 바닥을 향해 몰려 내려왔다. 연기는 화염을 품고 있었고, 그 열기를 참지 못하고 이내 쏟아부을 것처럼 불꽃이 튀었다. 동운은 되뇌었다. 이건 현실이 아니다.

동운은 주머니에서 약통을 꺼냈다. 간신히 통을 열어 손바닥에 털었다. 알약들이 급하게 쏟아져 바닥으로 떨어졌고, 그중 하나가 아슬아슬하게 손바닥 위에 남아 있었다. 동운은 두 눈을 질끈 감고 알약을 삼켰다.

약물이 혈관에 스며들기 시작하자, 환각의 늪으로 빠지던 동운은 서서히 현실에 가까워지기 시작했다. 검은 연기는 사라졌고, 중력도 다시 돌아왔다. 누워 있던 동운은 주먹을 몇 번씩 쥐었다 펴며 호흡을 가다듬었다. 시간이 없었다.

간신히 7층에 도착한 동운은 복도의 상황을 살폈다. 7층 복도도 고요했다. 그렇지만 더 조심해야 했다. 남자가 이곳에 왔다는 것만으로도 의심의 표적이 될 수 있었다.

김지희의 방에 도착해 카드를 대자 잠금장치가 열리는 소리가 들렸다. 동운은 조심스럽게 들어갔다.

방 안의 모습은 평범했다. 침대와 탁자, 빨간색 작은 소파, 그리고 커다란 모니터 패널, 작은 냉장고와 싱크대 정도만이 공간을 채우고 있었다. 동운은 방 안 곳곳을 살펴보았다. 침대 아래, 냉장고 뒤, 붙박이 장롱, 서랍과 수납함. 너무 서두른 나머지 김지희의 화장품들을 엎을 뻔했다. 제대로 닫히지 않은 뚜껑 때문에 향수병 하나가 넘어져 액체가 조금 쏟아진 걸 제외하면 괜찮았다. 향수병은 다시 원래대로 세워두었다.

중요한 건 증거였다. 『호밀밭의 파수꾼』이라는 책과 관련된 것을 찾아야 했다. 필사본이라 했으니 어디 구겨 넣었을 수도 있었다. 동운은 상상력을 발휘했다. 내가 김지희라면 어디에 숨겼을까? 아무도 알지 못하는 곳, 예상하지 못하는 곳. 천장 형광등 위, 장롱 서랍 뒤편, 이불 속까지 다 확인했지만 책을 찾지 못하자 혹시나 잘못 짚은 것은 아닐까, 하는 생각이 들었다. 김지희를 저항세력의 내통자라고 너무 확신했던 것은 아닐까? 동운은 혼란스러웠다.

불현듯 무언가 생각이 난 동운은 욕실로 갔다. 비좁은 욕실은 단출했다. 바닥은 물기가 말라 있었고, 변기는 뚜껑이 덮여 있었다. 변기의 수조 뚜껑을 열어보았지만 별다른 건 없었다. 다시 한번 욕실 안을 천천히 복기하듯이 훑어보았다.

욕실 벽에는 누렇게 변색된 손바닥 크기만 한 작은 타일들이 붙어 있었다. 타일 사이사이에는 검은 물때가 끼어 있었다. 바닥은 까끌까끌한 타일로 덮여 있었다. 동운은 혹시 몰라 타일을 하나씩 톡톡 두드렸다. 뭔가 안에 단단한 것으로 받쳐둔 듯한 둔탁한 소리가 들렸다. 동운은 멈추지 않고 하나씩 모두 두드렸다. 그러자 타일 하나만 소리가 달랐다. 둔탁한 소리가 아니라 텅 빈 듯한 소리가 들렸다. 변기 뒤쪽, 물때가 심해 건드리기 싫을 정도로 지저분한 타일이었는데, 다시 자세히 보니 타일 주위 줄눈에는 물때가 끼지 않고 하얬다.

동운은 바닥에 엎드려 타일을 잡았다. 비좁은 틈에 손을 넣자 돌 긁히는 소리가 들렸다. 동운은 손이 바들바들 떨렸다. 이 안에 분명히 자신을 구제해줄 증거가 있을 거라 믿고 싶었다. 아니, 그래야 했다.

타일을 거의 다 잡아당겼다. 이 안에 있는 것이 동운의 손에 들어오기 직전이었다. 그때.

"지금 뭐 하는 거야?"

싸늘한 한마디가 날아왔다. 김지희의 목소리였다. 그대로 일어섰지만 차마 돌아볼 용기가 나지 않았다. 동운은 아무 말도 하지 못했다.

"묻잖아. 지금 뭐 하는 거냐고. 남의 집에서."

변명할 말이 떠오르지 않았다.

"말해."

동운은 뒤로 돌아섰다. 김지희는 근무 도중에 급하게 온 모양이었다. 그을음이 묻은 얼굴은 땀범벅이었고, 방호복에도 사투의 흔적들이 가득했다.

"혹시나 했는데. 동운 씨 참 한심하고 멍청한 사람이구나?"

김지희는 동운을 노려봤다. 자신이 잘못한 건 맞지만 그럼에도 모멸감을 느꼈다. 그런 식으로 비아냥대는 건 김지희의 말버릇이었다.

“이렇게 몰래 들어온 건 죄송합니다. 하지만 다른 건 몰라도 비아냥거리진 마시죠. 제 사정엔 관심도 없으면서.”

동운은 작심한 듯 쏘아붙였다.

“도둑이 아주 뻔뻔하네. 알지, 동운 씨 사정, 그래도 그게 이런 짓을 저지른 이유가 돼? 직장 동료인 나를 팔아넘기려고 했던 거야?”

동운은 아무 말도 하지 않았다.

“감사팀 사람들이 새로운 몸을 주겠다고 했지?”

그리고 이어진 김지희의 말에 깜짝 놀랐다.

“그걸 어떻게…….”

“예상했지만 전기련다운 방식이네. 사람의 약점을 집요하게 파고들지.”

김지희는 마치 감사팀을 오랫동안 지켜본 사람처럼 말하고 있었다. 생각해보니 감사팀 사람들이 다른 직원들에게도 비슷한 제안을 했을 것 같았다. 그런데 김지희는 그들의 제안에 대해서 말하는 게 아니었다. 감사팀을 적대적으로 바라보는 뉘앙스로 말하고 있었다. 감사팀의 선임대리가 말하던 그 사람이 김지희라는 것을 확인시켜주는 것 같았다. 동운은 침을 꿀꺽 삼켰다.

“하긴, 동운 씨는 감사 시즌 처음 겪었지?”

“네.”

한숨을 내쉰 김지희는 담배를 꺼내 동운에게 내밀었다. 동운이 거절하자 그녀는 담배를 물고 불을 붙였다. 한 모금을 내뿜자 비좁은 욕실에 연기가 금방 퍼졌고 매캐한 냄새가 동운의 코를 찔렀다.

"그 사람들이 뭘 찾아오래?"

동운은 아무 대답도 하지 않았다. 알려줄 필요 없었다. 가능성이 사라진 이상 굳이 정보를 토해낼 필요는 없었다.

"여기서 찾으려고 했던 건 찾았고?"

"아니요. 아직."

그러자 김지희는 혀를 찼다.

"도대체 왜 나를 의심한 건데? 내가 뭘 어쨌길래?"

어처구니없다는 표정으로 동운에게 따지듯 물었다. 동운은 입을 꾹 다물고, 하고 싶은 말을 애써 참았다. 김지희는 조용히 담배를 피웠다. 결국 동운이 입을 열었다.

"화학공장 화재 사건 때 말입니다, 대리님께서 방독면 씌워줬던 그 남자. 지금 도시를 시끄럽게 만드는 놈들과 연관이 있는 거죠?"

동운은 순간 김지희가 멈칫하는 것을 보았다.

"그놈들이 뿌리는 선언문. 그 남자가 쓴 거라고 들었는데요."

김지희의 미묘한 흔들림을 동운은 놓치지 않았다.

"무슨 소리야. 동운 씨가 잘못 본 거야."

"대리님이 저한테 아무에게도 말하지 말아 달라고 부탁했잖아요. 아무 상관 없는 사람이라면, 왜 굳이 저에게 그런 말을 했죠?"

이번에 김지희는 대답하지 않았다. 동운은 자기에게 주도권이 넘어왔다고 확신했다.

"오늘 일, 고발하려면 하세요. 어차피 제 인생은 여기서 더 떨어질 바닥도 없거든요. 하지만 저도 같이 고발할 겁니다. 그날 일에 대해서. 아마 저야 정직 정도겠지만, 대리님은 어떤 징계를 받을지 궁금하네요."

김지희는 마지막 연기 한 모금을 내뱉고선 세면대 위에 있던 컵을 집어 그 안에다 담배를 껐다. 치익, 하는 소리와 함께 짙은 탄내가 풍겨왔다.

"오해하는 것 같은데, 내 말은……."

김지희는 조심스러웠다. 돌변한 김지희의 태도가 동운은 가증스러웠다.

"오해요? 오해할 게 뭐가 있죠?"

"난 그들한테 이용당하지 말자고 하는 거야. 이래봤자 우리는 그들의 기획에 놀아나는 꼴이니까."

웃음이 나왔다. 아까와는 태도가 너무 달랐다. 자신을 다그치며 기세등등하던 김지희는 어디 가고, 궤변만 늘어

놓는 한심한 여자가 앞에 서 있었다.

"못 들은 걸로 하겠습니다. 저는 여기 안 왔던 걸로 할 테니 대리님도 오늘 일에 대해 함부로 얘기하지 마세요."

동운은 출입 카드를 김지희의 상의 포켓에 꽂고 현관으로 갔다.

"동운 씨도 숨기는 거 있잖아."

"네? 제가 뭘 숨긴다는 거죠? 저는 의심받을 짓은 안 합니다. 누구처럼 말이죠."

김지희의 작은 눈이 다시 날카롭게 번뜩였다.

"동운 씨 리사이클러. 걔한테 뭐가 있잖아. 아냐?"

기억하기 싫던 그 새벽의 일이 다시 떠올랐다. 차가운 냉기가 바닥에서부터 차오르는 듯, 잊고 있었던 통증이 몰려왔다.

"아무리 리사이클러라고 해도 기한을 왜 그렇게 대해?"

아까 먹은 쉐이크가 식도를 타고 넘어올 듯 구역질이 났다. 서둘러 뛰쳐나와 전력을 다해 방으로 내달렸다. 몸속은 폭풍이 몰아친 바다처럼 요동쳤다.

동운은 욕실로 들어가 변기 뚜껑을 열었다. 참았던 두려움과 혼란스러움을 핏덩이와 함께 한껏 토해냈다. 변기 안은 시뻘건 피로 물들었다. 누군가 목구멍으로 손을 집어넣고 몸속을 헤집어 혼을 빼가는 것 같았다.

동운의 기억은 지금 그날 새벽에 있었다. 자신과 기한, 그리고 김지희가 있었던 새벽의 복도. 미친 사람처럼 포크로 기한의 손등을 찍었던 기억이 떠올랐다. 다시 울컥 구역질을 하던 동운은 좁은 욕실의 벽에 기댄 채 주저앉았다.

여전히 혼란스러웠다. 김지희는 자신에 대해 뭔가 알고 있는 것 같았다. 그렇지만 물어볼 수도 없었다. 두려웠으니까. 자신이 시달리고 있는 악몽의 이유를, 그녀는 정말 아는 걸까?

동운은 화장실 바닥에 주저앉은 채 잠시 눈을 감았다. 다시 눈을 떠 세면대 아래쪽 그늘이 져 있는 타일 벽을 바라보았다. 다닥다닥 붙어 있던 타일 여섯 개 주위에 미세하게 발라져 있는 줄눈은 새것처럼 하얬다.

*

며칠 뒤, 동운은 연차를 신청했다. 다른 대응팀의 예비 조종사에게 대체 근무를 부탁해둔 뒤였다.

"제 리사이클러를 찾아오려고요."

김지희가 흘끗 쳐다보았다. 며칠 전 동운의 속내가 다 까발려진 그 밤의 일이 있고 난 뒤 동운은 김지희와 말을 섞지 않으려 되도록 자리를 피했다. 김지희의 집에 몰래 들어갔다가 걸려서만은 아니었고, 두려운 예상이 현실이 될까봐 무서웠기 때문이다.

반면에 김지희는 거리낌 없이 행동했다. 출동했을 때 동운의 로프를 잡아주기도 했고, 동료들과 웃으며 농담까지 했다. 그 모습에 동운은 부아가 치밀었다. 자신이 잘못을 저지르긴 했지만 분명히 목덜미를 잡아야 하는 쪽은 자신이었다. 그런데 되려 구석에 몰린 건 동운이었다. 이제 와 고발한다 해도 김지희가 이미 증거를 치웠다면 동운 혼자 뒤집어쓰게 될 수도 있었다.

사실, 무엇보다 김지희가 했던 마지막 말이 동운을 조급하게 했다. 분명히 김지희는 기한에 대해서 무언가 알고 있었다. 눈을 감는 매 순간 자신을 괴롭히는 악몽의 원인에 대해서도. 동운은 확실히 하고 싶었다.

"왜 굳이 직접 가려고 해? 1구역에 들어가면 어떨지 잘 알잖아?"

상현의 걱정을 동운도 알고 있었다. 2구역의 거주자들이 1구역에서 어떤 취급을 받는지 잘 알고 있었지만 지금 중요한 건 그게 아니었다.

"가지 마. 지금 도시 분위기도 심상치 않다고. 그냥 배송 기다리는 게 나아."

상현의 말대로 거리에는 팽팽한 긴장감이 감돌았다. 서

로 다른 두 기압이 대치하고 있었고, 서로를 향한 적대적인 팽창감은 비극의 소나기를 뿌릴 것이 자명해 보였다. 파견 나왔던 감사팀 직원들은 내통자를 찾지 못한 채 별 소득 없이 돌아갔다고 했다.

이런 분위기 속에서 저항세력에 동조하지 않는 2구역 거주자들조차 불안하기는 매한가지였다. 몇몇 공장은 이미 저항세력들에게 점령된 거나 다름없다는 소문도 들렸다. 그들은 공장 측에 더 많은 휴식 시간 보장과 노동 강도 완화, 임금 인상 등을 요구하고 있다고 했다. 전기련의 인내심도 점차 바닥이 드러날 것이었다.

"지금 저는 기한의 배송료도 아까운 처지예요. 몸도 이 따위라 혼자 일하는 것도 버거운데 더 기다릴 수도 없고."

상현은 마지못해 동운의 연차를 승인해주었다. 복도를 바쁘게 오가며 출동하는 대응팀을 뒤로한 채 동운은 1층으로 향하는 엘리베이터를 기다렸다. 그때 대응 4팀의 출동 명령이 떨어졌다. 엘리베이터에 오른 동운은 옆 엘리베이터에 북적북적 올라탄 대응 4팀 사이로 김지희를 보았다.

둘의 시선이 마주쳤다. 김지희의 눈빛에서 경멸의 감정은 느껴지지 않았다. 차라리 그랬다면 동운은 더 뻔뻔하게 일을 저지를 수도 있었을 것이다, 그 짧은 순간 그녀의 눈빛에서 느낀 것은 안타까움이었다. 그게 더 비참했다. 대응 4팀의 엘리베이터는 옥상으로 향했고, 동운이 탄 엘리베이터는 아래로 내려갔다.

차량 사용 허가를 받은 동운은 지하 주차장에 마련된 공용 차에 올라 시동을 켰다. 동운이 탄 공용 차는 해치백이었는데, 차체 곳곳에 지저분한 스크래치 자국이 나 있었고 먼지가 가득 쌓여 있었다. 시동을 걸자 엔진 내부의 벨트들이 힘겹게 돌아가며 굉음을 냈고, 곧 쓰러질 듯 위태롭게 차체가 들썩였다. 이토록 낡은 차인데도 사용 비용을 내고 써야 했다. 그러나 이 차를 사용하지 않으면 오늘 임금과 차량 사용료를 합친 금액보다 더 비싼 배송비를 지불해야 했다.

기한은 핑계였고, 동운이 오늘 1구역에 가는 진짜 목적은 진실을 확인하기 위해서였다. 동운은 얼마 남지 않은 삶의 벼랑 끝 바위 틈새에 나 있는 작은 나뭇가지를 붙잡으려고 하고 있었다. 그래서 이제껏 감춰온 '은색 가방'을 직접 열어보려고 하는 것이다. 김지희를 경계했던 이유는, 그녀가 자신이 숨겨둔 은색 가방을 알고 있지 않을까 해서였다. 행여나 그것이 그녀를 통해 발각된다면 동운에게 남은 건 추락뿐이었다.

2구역 끝에 다다르자 커다란 장벽이 보이기 시작했다. 동운은 항상 헬기를 타고 장벽을 넘었기에 차를 몰고 가보는 건 처음이었다. 장벽 앞에는 왕복 12차선 도로 위로 게이트가 있었다. 동운은 2구역 거주자들의 통행로인 맨 끝 차선 후미에 붙었다. 줄지어 서 있는 차들은 동운의 해치백처럼 낡고 오래돼 보였다. 그중 몇 대는 창문이 없는지 투명한 비닐로 막은 차들도 있었다.

검문검색은 아주 철저하게 행해지고 있었다. 검은색 전투복을 입은 고객서비스팀 소속 보안팀원들이 차를 막고 운전자와 동승자들까지 모두 내리게 했다. 차 안 곳곳뿐만 아니라 운전자와 동승자들의 신발까지 벗게 하여 샅샅이 수색했다.

동운의 차례가 되자 선글라스와 헬멧, 검은 슈트를 입고 라이플을 든 보안팀원이 다가왔다. 그는 2미터는 되어 보이는 키에 역삼각형 상체, 바지가 터질 것 같은 두꺼운 허벅지까지 굉장히 위압적인 몸매를 가지고 있었다. 보안팀원들은 다들 그와 비슷한 체격들을 가지고 있었다.

그는 동운에게 소속과 이동 목적, 머무는 기간 등을 물었다.

“감사팀에서 가져간 제 리사이클러를 찾으러 왔습니다.”

호패기로 동운의 인적사항을 확인하더니 통과시켜주었다.

“90분입니다. 초과 시에는 벌금이 부과되고 해당 사유에 대해 조사가 들어갈 겁니다.”

게이트를 지나자 보이기 시작한 1구역은 억울하리만치 아름다웠다. 출동을 했을 땐 상황이 급박해 자세히 볼 틈이 없었는데 건물과 건물 사이에 녹지로 조성된 공원들이 자리하고 있었고, 인도와 차도 모두 넓어 쾌적했다. 거주자들이 사는 맨션들은 다양한 형태로 단지를 이루고 있었다. 딱 봐도 넓어 보이는 5층 맨션은 한 가구당 한 층을 차지하고 있었고, 온통 유리로 뒤덮인 또 다른 맨션은 거대한 영문자 S의 형태를 이루고 있었는데 그 높이가 에르트 본부보다도 높아 보였다. 그 외에도 격자무늬의 거대한 기둥을 외벽에 붙인 맨션, 수영장이 딸린 저택이 하나의 큐브가 되어 수많은 큐브가 붙어 있는 듯한 고급 맨션도 있었다.

이곳에 비하면 동운이 사는 지역은 감옥 같았다. 똑같은 모습으로 높게 지은 2구역의 아파트들은 하나같이 비좁은 면적을 많은 사람이 잘게 나누어 쓰는 모양새였기 때문이다.

고급 맨션들이 모여 있는 지역을 지나자, 1구역 중앙에 자리 잡은 산 위로 구름까지 뻗은 마천루가 보이기 시작했다. 전기련 본부이자 전기련의 의장사인 아바리치아 본사였다. 그 주위에는 전기련 회원사들의 건물들이 서로 키를

견주듯 솟아 있었다. 그렇지만 전기련 본사는 우두머리답게 유독 도드라져 보였다. 검은색 외벽 위에 덮인 유리 벽이 새하얀 정오의 태양광을 사방에 비추며 숨이 막힐 듯한 웅장함을 자아냈다.

한산한 도로 위에는 고급스러운 세단이나 스포츠 쿠페가 드물게 지나갔다. 1구역 거주자들은 대부분 개인용 헬기를 보유하고 있어서 차량을 자주 이용하지는 않는다고 들었다. 보안을 위해 정차하고 있는 고객서비스팀 차량도 자주 보였다.

동운은 전기련 본사의 지하 주차장으로 차를 몰았다. 지하 1층과 2층이 텅텅 비어 있었지만 동운은 들어갈 수 없었다. 동운이 갈 수 있는 지하 12층에 다다르자, 동운의 해치백과 비슷한 상태의 차들이 빽빽하게 들어찬 것이 보였다. 동운은 간신히 빈 자리를 찾아 주차하고 비상구 계단으로 올라갔다. 엘리베이터는 1구역 거주자 전용 주차 구역인 지하 4층까지 가야 이용할 수 있었다.

노인처럼 쇠약해진 동운의 체력으로는 지하 4층까지 올라가는 것도 버거웠다. 다리가 후들거려 중간에 몇 번이나 주저앉아 쉬어야 했다. 셔츠가 땀에 흠뻑 젖은 상태로 간신히 지하 4층에 도착한 동운은 엘리베이터를 타고 1층 로비로 갔다.

신분 확인을 하기 위해 홀 중앙에 있는 데스크로 갔다. 데스크 위에 달린 입체 모니터에서는 저항세력에 관한 공익 광고가 나오고 있었다. 도시의 질서를 파괴하고, 거짓 선동으로 혼란을 일으키며, 자신들의 욕심을 채우려고 하는 저항세력을 발견하면 즉시 고발하라는 내용이었다. 고발에 대한 포상은 놀랍게도 착복식 2회였다.

동운은 속았다는 생각에 화가 치밀었다. 선심 쓰는 척 선임대리가 제안했던 건 단 한 번의 착복식이었다. 그것도 확실한 증거까지 제시해야 했다. 선임대리가 제안한 착복식은 미끼일 가능성이 커 보였다. 만약 동운이 김지희의 방에서 뭔가를 가지고 나왔다면 절도 혐의로 동운에게 불이익을 주고 약속도 지키지 않았을 게 뻔했다. 선임대리의 말을 쉽게 믿었던 스스로가 어리석어 보였다.

1층 홀에는 전기련 본부에서 근무하는 직원들이 말끔한 싱글 슈트를 입고 바삐 오가고 있었다. 동운은 데스크 직원에게 방문 사유를 밝히고 안내에 따라 리사이클러가 있는 지하 1층 창고로 갔다. 창고는 전기련 본부와는 분위기가 사뭇 달랐다. 미로 같은 곳을 돌아 쓰레기장 옆 철문을 열자, 그 안에 있는 수많은 리사이클러들이 낡은 의자에 앉아 액체 에너지를 공급받는 게 보였다. 그중 몇몇은 찾아가지 않은 것인지 먼지를 잔뜩 뒤집어쓴 채였다.

"저런 경우는 지불 능력이 없어서 못 찾아갔거나 소유자가 사망한 경우죠."

처음 보는 광경에 동운이 편치 않은 기색을 보이자, 안내팀 직원은 자신이 뭐라도 되는 양 말했다.

"그중엔 아마 자기가 산 리사이클러와 같이 앉아 있는 놈도 꽤 있을 걸요."

그는 뭐가 그리 웃긴지 키득거렸다. 동운은 웃음이 나지 않았다. 먼지 쌓인 헬멧을 쓴 채 앉아 있는 리사이클러에게서 한 달 뒤 자신의 모습을 보았기 때문이다. 어디서 나는지 모를 기분 나쁜 악취를 뚫고 한참을 구석으로 들어간 동운은 네 번째 블록 앞쪽에 앉아 있는 기한을 발견했다.

"기한, 나와."

동운이 지시하자 기한은 여느 때와 다름없이 이름과 모델명을 복창하고는 자리에서 일어섰다. 기한의 목소리엔 아무런 감정도 없는 것 같았다. 기한은 동운을 따라 보관창고를 빠져나왔다.

직원은 마지막으로 동운에게 감사팀 분석 결과에 대해 안내해주었다. 행동 기록, 언어 기록 등을 분석하는 데 일주일 정도 걸릴 거라고 했다.

"왜 일주일이나 걸리죠?"

"리사이클러가 보고 들은 건 저장되지 않거든요. 리사

이클러의 작동 원리는, 아시겠지만 매뉴얼이 담긴 메모리칩이 뇌의 원래 기능을 대신하여 신경 신호를 보내는 거니까요. 리사이클러의 뇌는 죽은 거라서 기억이나 감정, 통증, 쾌락 같은 뇌의 고유 기능은 작동하지 않아요. 따라서 신경 신호가 오고 간 메모리칩 안에 기록된 데이터들을 분석하는 거예요."

"그러니까 리사이클러가 보고 들은 걸 영상이나 음성으로 구현하는 건 불가능하다는 거죠?"

"네. 그렇지만 위치와 반사적 반응 신호를 해석하면 상황에 대한 일반적인 분석은 가능해요."

설명을 모두 들은 동운은 기한을 데리고 지하 12층까지 걸어 내려갔다. 동운은 아무 말도 하지 않았다. 어차피 기한은 대화가 되지 않는 존재이기도 했지만. 메모리칩의 기록을 보고 싶은 마음은 굴뚝 같았다.

조수석에 기한을 태운 동운은 전기련 본부 지하 주차장을 빠져나갔다. 앞으로 1구역에서 머물 수 있는 시간은 한 시간 정도였다. 동운은 연차를 낸 진짜 목적을 위해 고급 맨션 단지 쪽으로 차를 몰았다.

점심때라 그런지 1구역 사람들이 밖으로 나오는 게 보였다. 그들은 삼삼오오 모여 드넓은 공원을 산책하거나 인공호수 근처를 걸었고, 카페테리아에서 커피와 점심을 먹으며 여유를 즐기고 있었다. 땀 범벅이 된 얼굴과 굳은 표정, 때 묻은 작업복과 낡아빠진 신발만 보던 동운에게 너무도 생소한 모습이었다. 이곳에서 죽음은 오직 동운만의 몫이었다.

해치백이 도착한 곳은 20층 높이의 고급 맨션 앞이었다. 이전 화재 사건 때 동운이 출동했던 곳이다.

기한을 쳐다보자 기한은 전방만 주시하고 있었다.

차에서 내려 맨션을 훑어보던 동운은 들어갈까 말까 주저하다 심호흡을 한번 하고 맨션으로 들어갔다. 입구 카운터에 있는 컨시어지가 이상한 눈초리로 쳐다보았다. 동운 뒤로 지나가던 1구역 사람들도 의아한 표정이 되었다. 동운은 데스크로 다가갔다.

"거주자 이외에는 출입이 불가합니다."

용건을 말하기도 전에 컨시어지는 딱딱하게 말했다.

"확인할 게 있어서 왔습니다."

동운은 공손하게 준비된 거짓말을 했다.

"두 달 전 쯤에 여기서 큰 사고가 있었죠. 제가 당시 사고 처리를 한 대응팀이었습니다."

"그런데요?"

"사고 경위와 대처에 대한 보고서를 다시 제출하라는 지시가 있었습니다. 아시다시피 요즘 도시 내에 사건사고가 많아서 에르트의 대응 매뉴얼을 수정하려는 차원인 거죠. 몇 가지만 질문드려도 되겠습니까?"

"물어보세요."

동운은 우선 화재 당시 상황과 거주자들에 대해 물었다. 핵심으로 바로 가면 의심을 살 수 있었기에 이미 알고 있는 내용들까지 빙빙 돌려 질문했다. 화재 발생 시간, 당시 화재 상황의 전개, 대피로 확보, 진압 과정 등. 그러나 진짜 궁금한 건 따로 있었다.

"피해 산출은 어떻게 됐습니까?"

동운은 대응팀이었으므로 철수한 후 상황에 관해서는 아는 바가 없었다.

"글쎄요. 정확히는 모르죠. 화재가 진압되고 다음 날 토호 건설 신사업본부 본부장님이 직접 오셨으니까요."

신사업본부 본부장이면 토호 그룹 회장의 조카였다. 그가 직접 나서서 리모델링을 지시했기에 맨션은 두 달도 안 돼 화재의 흔적을 찾을 수 없을 만큼 완벽하게 복구된 것이다.

"사고 후 사망자나 부상자가 더 있었습니까?"

동운의 질문에 컨시어지가 피식 웃었다.

"사망자나 부상자라뇨? 그런 게 어딨어요? 이상한 소리를 하시네."

동운은 예상치 못한 반응에 당황했다. 갑작스럽게 일어난 폭발은 주위 맨션들의 창문을 깨뜨릴 정도로 규모가 컸다. 20층 맨션을 완전히 전소시켜버린 화재로, 1구역이 생긴 이래 가장 큰 규모의 화재였다. 그렇게 큰 사고였는데, 이 사람은 왜 웃는 걸까.

"다들 착복식을 했잖아요. 몰랐어요?"

생각해보니 사고 당시 사상자가 있었다면 착복식을 했을 것이다. 화마에 삼켜진 육체는 버리고 새로운 육체를 입은 채 돌아온 것이다. 동운은 미간을 살짝 찌푸렸다. 그런 생각은 해본 적 없었기 때문이었다.

"그럼 지금 사시는 분들은……."

"맨션 리모델링을 마치고 다들 돌아오셨습니다."

"사고에 관해서 얘기들은 없었나요? 불만이라거나."

"없던대요."

순간 컨시어지는 뭔가가 떠오른 모양이었다.

"아, 출동이 생각보다 너무 느렸다. 그게 공통적인 불만사항이었어요."

동운은 이해가 되지 않았다. 1구역에서 사고가 발생하면 자동으로 에르트에 신고가 들어가게 되어 있었다. 그래서 2구역보다 사고 대응이 훨씬 신속하게 이뤄졌다.

"혹시 여기 15층에 살던 분들은 어떻게 됐는지 알 수 있을까요?"

"선 넘지 마시죠."

사실 동운이 이곳에 찾아온 건 15층에서 살던 사람들에 대해서 알고 싶어서였다. 그러나 컨시어지는 호락호락하지 않았다.

"감히 2구역 거주자가 1구역 고객님의 신상을 요구하는 겁니까? 질문도 다 하신 듯하니 이만 나가주시기 바랍니다."

컨시어지의 차가운 눈빛에 동운은 아무 대꾸도 못 하고 맨션을 나왔다.

"뭐야? 2구역 거주자가 왜 여기에 있어?"

설상가상으로 고객서비스팀 보안팀원이 동운에게 다가왔다. 걸어오는 모양새가 굉장히 위협적이었다. 그는 다짜고짜 동운을 겁박하듯 밀어붙였다. 동운이 전기련 감사팀에 용건이 있어서 왔다고 설명했지만 그는 들은 척도 하지 않았다.

"제 조카입니다. 저를 데리러 온 겁니다."

그때, 누군가 동운의 손목을 잡았다. 돌아보니 나이가 지긋한 노인이 동운의 손을 잡고 있었다. 당황한 건 동운뿐만 아니라 보안팀원도 마찬가지였다. 노인은 그냥 보기에도 허름한 차림을 하고 있었다

보안팀원은 동운을 보내주었다. 노인의 말을 납득했기

때문이 아니라 노인에게서 나는 심한 악취 때문이었다.

동운은 노인을 따라 나왔고, 그를 차 뒷자석에 태웠다. 조수석에 앉아 있는 기한은 여전히 전방만 쳐다보고 있었다.

노인은 자신을 맨션에서 일하는 잡부라고 소개했다. 그는 건물 청소와 쓰레기 수거, 심지어 분뇨 관리도 한다고 했다. 차 내부는 코를 시큰하게 하는 악취로 가득 찼다. 동운은 그에게 어디로 갈지 물었다.

"질문하는 거 다 들었소. 그 화재 사고가 궁금한 거 아니오?"

노인은 고개를 들어 백미러로 동운을 쳐다보았다. 동운은 일단 차를 출발시켰다. 계속 거기 가만히 있다가는 의심을 받을 수도 있었다.

"그런데 그 사고가 왜 궁금한 거요?"

"팀에서 조사하라고 해서요."

그러자 노인은 콧방귀를 뀌었다.

"웃기시네. 1구역에서도 최고급 맨션에서 벌어진 사고를 왜 2구역 사람에게 조사를 시켜? 그게 말이 된다고 생각하나?"

동운은 움찔했다. 노인은 첫인상과는 달리 말에 힘이 있었다. 차 안은 잠시 침묵에 잠겼다. 무슨 핑계를 대야 할지 생각해 봤지만 마땅한 게 떠오르지 않았다. 노인은 천천히, 당시 화재 사건에 대해서 자신이 아는 것을 얘기해주었다.

화재가 벌어지던 날, 노인은 지하에서 음식물 쓰레기를 치우는 중이었다. 그러던 중 커다란 폭발음과 함께 땅이 흔들릴 정도의 진동이 울렸다. 놀란 노인이 밖으로 나와보니 15층 맨션에서 일어난 불이 보였다.

"근데 말이오. 보통 1구역에서 화재가 나면 5분 내로 에르트 헬기들이 나타나잖소? 그런데 그날따라 에르트 헬기가 늦게 도착했소. 5분 내로 도착했으면 진압했을 불길이 걷잡을 수 없이 커졌지."

총 20층인 맨션은 A라인과 B라인, 두 개 라인으로 나뉘어 있었는데 맨션 거주자들은 각각의 라인에 다섯 층씩 나뉘어 거주한다고 했다. 한마디로 20층 높이의 맨션에 거주하는 가구는 여덟 가구뿐이었다. 불길은 이미 맨션 전체를 삼키는 중이었는데, 동운이 궁금한 건 바로 1502호에 관한 것이었다.

시커먼 연기가 뭉게구름처럼 퍼지며 하늘로 오르기 시작했다. 불길이 마지막으로 남아 있던 집마저 삼킬 무렵 에르트 헬기들이 도착했고, 에르트 팀원들과 리사이클러들이 바로 투입되어 불길은 곧바로 잡혔다. 다 타버린 화재 현장은 수습팀이 정리했다. 그 과정에서 고객서비스팀은 시신들을 수습해 곧바로 소도로 향했다.

"그렇다면 그 맨션에는 그때 살던 사람들이 그대로 살고 있겠네요?"

노인은 고개를 가로저었다.

"화재가 일어났던 집에는 다른 사람들이 살고 있다고 들었소."

"다른 곳으로 이사를 간 건가요?"

동운은 의아했다. 소도에 갔다면 모두 다 새로운 육체를 입고 돌아왔을 텐데.

"아니오. 그 사람들은 죽음을 택했거든."

노인의 말에 따르면, 착복식을 위해 틈틈이 뇌의 메모리를 저장해야 하는데, 화재가 발생한 집의 가족들은 바빴던 건지 일 년 넘게 저장을 해두지 않았다고 했다. 그러다 보니 새로운 육체에 심을 기억 데이터가 너무 오래되어 어쩔 수 없이 사망을 기점으로 다시 데이터를 심었다. 일 년동안 저장을 해두지 않으면 결국 일 년치의 기억을 잃어버리는 것과 같아서 여러모로 적응도 힘들고 정신적 피해도 컸기 때문이었다. 결국 남은 선택은 최종 시점까지 살아 있던 뇌에서 저장한 기억 데이터를 다시 새로운 육체에 심는 것이었다.

"고통스러웠겠지. 끔찍하게 죽었던 순간이 계속 머릿속

에 남아 있을 테니까."

전기련이 늘 1구역 사람들에게 강조하는 것 중 첫 번째는, 기억 데이터를 수시로 저장하라는 것이었다. 그런데 삶이 여유가 넘치다 못해 나태해질 정도다 보니 그 조언을 잘 지키지 않는 사람들이 의외로 많았다.

15층에 살던 가족들은 지옥과도 같은 경험을 기억에 각인한 채 살아야 했다. 어둠 속에서 한 치 앞도 보이지 않는 두려움, 깊은 물 속으로 끌려들어가 영원히 빠져나오지 못할 것 같은 질식의 고통, 뼛속까지 타버릴 것 같은 뜨거운 열기, 고통에 절규하는 끔찍한 비명들. 그 기억들을 잊는다는 건 어떤 방법을 써도 가능하지 않았다. 최고급 각성제인 루왁*을 복용해도 소용없었다. 육체는 갈수록 피폐해졌다. 사실 착복식이 있었기 때문에 육체가 피폐해지는 건 상관없었지만 진짜 문제는 정신적인 피폐였다. 각종 약물로 인해 만들어진 환각은 고통을 진정시키기는커녕 그날의 기억을 현실로 끌어올렸다.

"결국 그 가족들은 동반 자살을 했다더군. 살리지 말아달라는 유서를 남기고."

"모두 다 말입니까?"

* 1구역 거주자들만 복용할 수 있는 고급 각성제. 효과가 좋으면서도 부작용이나 중독 현상이 전혀 없다.

"그렇소."

노인은 안타깝다는 듯 한숨을 내쉬었다. 동반 자살을 택했다던 그들은 부부와 아들 하나와 딸 하나가 있는 네 가족이라고 했다. 해치백은 도시의 중심에 자리한 산 옆을 지나 장벽을 향해 달리고 있었다.

"그런데 이후에 이상한 일이 생겼지. 사라진 게 있었던 거요."

1구역 사람들은 집에 특별한 가방을 하나씩 보관하고 있다고 했다. 그 가방은 철제 아타셰케이스*로, 안에는 전기련이 영생 기술을 개발하던 과정에 만들어진 시제품이 들어 있다고 했다. 지금은 착복식으로 인해 더이상 약물이 필요하지 않아 단종되었지만 한 번 복용하면 신체의 모든 기능을 최상의 상태로 리셋해주는 매우 귀한 약물이라고 했다. 그 약물은 상상 이상의 가격이 붙은 채 2구역 암시장에 소문으로 존재하고 있었다.

"전략기획실인가 감사팀인가 아무튼 전기련에서 힘 좀 쓰는 사람들이 직접 와서 그 가방을 반드시 찾아오라고 수습팀한테 지시했었소. 꼭 찾아야 한다고."

수습팀은 일주일이 넘도록 현장에 남아 샅샅이 훑어보

* 흔히 007가방이라고 부르는 네모난 서류가방.

왔지만 가방은 흔적조차 찾지 못했다고 했다.

"그쪽도 그 가방에 대해 알아보려 한 거 아니오? 괜히 쓸데없는 데 힘 쓰지 마시오. 그건 신기루 같은 거니까. 보이는 듯하지만 실체가 없는 거요. 사람이 인생을 헛되게 살게 되는 이유는 신기루를 쫓아서가 아니라 신기루를 실체라고 믿기 때문이지."

노인은 땀에 젖은 머리카락을 손으로 털면서 씁쓸한 표정으로 말했다.

"전 관심 없습니다. 그런 말도 안 되는 풍문 따위는요."

동운은 나직이 대답했다. 기한은 여전히 아무 말 없이 조수석에 앉아 있었다. 긴 줄 뒤에서 차례를 기다리던 해치백은 이윽고 게이트를 지났다.

2구역에 들어오자 흰색 차선이 희미해진 도로가 보였다. 그 위로 늘 봐오던 절망적인 그림자가 길게 드리워지고 있었다. 십 분도 지나지 않아 그림자들은 이른 저녁 속으로 사라졌다.

가까운 소울트로 역에 동운이 차를 세웠다.

"고맙소. 주님의 은총이 있길."

악취와 함께 해치백에서 내린 노인은 동운에게 축복을 빌어주었다. 노인은 이 도시의 기억 속에서 사라진 신을 여전히 믿는 모양이었다.

'주님의 은총은 무슨. 내 인생에 손 한 번 내민 적 없는 주제에. 손바닥 크기도 안 되는 췌장을 어쩌지도 못하면서…….'

동운은 아무 말 없이 바로 출발했다. 은총이든 축복이든 그런 것 따위 아무 상관도 없었다. 노인은 여전히 자리를 떠나지 않고 동운의 차가 떠나는 걸 지켜보고 있었다.

동운은 차를 반납하고 에르트 본부 1층으로 올라왔다. 저녁인데도 출동하는 팀원들과 복귀하는 팀원들이 섞여 분주한 모습이었다. 그들의 굳은 표정에서 그 어떤 일말의 기쁨이나 즐거움, 희망이나 기대 따위는 찾을 수 없었다.

동운은 아까 본 것들을 떠올렸다. 아침 이슬을 머금은 연녹색 잔디 위를 걷던 사람들. 여름날 정오의 햇살과 기분 좋은 풀 내음. 정교하게 빚어낸 작품 같은 접시와 거기에 담긴 음식들. 반짝이는 얼음이 가득한 유리컵에 담긴 음료를 마시며 불어오는 미풍을 즐기던 여유로운 표정들.

동운은 오늘 그것들을 직접 보았다. 이어서 노인이 했던 말이 떠올랐다. 신기루. 노인의 말대로, 낮에 보았던 1구역 광경은 보이지만 잡히지 않는 신기루였다.

기한을 충전 부스에 앉혀 두고 방으로 들어와 진통제를 삼키고 침대에 누웠다. 창백한 백열등 불빛이 무미건조한 방을 채웠다. 이상하게도 안도의 한숨이 쉬어졌다. 동운은 침대에서 일어나 욕실로 걸어가 세면대 아래쪽 타일들을 잠시 쳐다보았다. 줄눈에 물때가 묻지 않은 부분이 보였다. 세면대 앞에 쪼그려 앉아 그 타일 양옆에 있는 타일들을 세게 누르자, 타일이 안으로 움푹 들어가며 손을 넣을 수 있는 공간이 생겼다. 손을 넣어 깨끗한 줄눈 테두리 안쪽 타일들을 당기자 여섯 개 정도 되는 타일이 붙어 있는 얇은 판이 떨어져 나왔다. 동운은 다시 그 안으로 손을 집어넣었다. 무언가가 잡혔다. 그늘진 공간에서 빠져나온 그것이 흐릿한 욕실 불빛 아래서 반짝였다.

아타셰케이스였다. 전기련이 그토록 찾았으나 결국 찾지 못한 소문 속 그것. 가방 곳곳에 그을음이 묻었지만 파손된 부분 하나 없었다. 분명 이 안에 들어 있는 것은 뜨거운 불길과 맨션 건물이 흔들릴 만큼의 강력한 폭발 속에서도 끄떡없이 살아남아야 하는 것일 터였다.

'이제 나에겐 신기루가 아니다. 신의 은총 따윈 필요 없다. 이거다. 이것만 있으면 된다.'

동운은 그날을 떠올렸다.

두어 달 전 1구역 맨션 건물에서 큰 화재가 있던 날. 그날따라 팀원들은 출동 준비가 더뎠다. 통제실은 빨리 출동하라고 윽박지르며 재촉했다. 헬기 조종석에 앉은 동운은 헤드폰으로 들려오는 통제실의 다급한 목소리만으로도 오늘 출동할 현장이 중요한 곳이라는 걸 짐작했다.

2유닛 헬기가 떠올랐을 때 동시에 다른 팀들 헬기도 모두 이륙했다. 대응팀의 헬기들이 같은 곳으로 출동한 건 처음이었다.

장벽을 넘어 현장에 도착했을 때는 이미 거대한 불길이 맨션의 허리부터 활활 태우고 있었다. 작전을 짤 시간도 없이 팀원들과 리사이클러들은 로프를 타고 맨션 옥상으로 하강했다. 동운도 진통제 몇 알을 서둘러 삼키고는 방독면과 소화기 백팩을 메고 옥상으로 하강했다.

옥상 지면에서부터 열기가 느껴졌다. 시커멓게 피어올라 주위의 건물까지 뒤덮은 연기는 얼마나 독한지 방독면을 썼는데도 목구멍이 따가웠다. 다른 팀들은 통제실의 지시에 따라 로프에 의지해 옥상에서 외벽을 타고 아래로 내려갔는데, 안전장치도 제대로 없는 그들의 모습은 보기에도 위태로웠다. 대응 4팀은 지시받은 대로 비상구를 통해 건물 내부로 들어갔다.

비상구의 녹색 불빛에 의지해 간신히 17층을 발견한 동운은 깊게 호흡을 내쉬고는 17층 복도로 들어갔다. 불은 붉은 혀를 이리저리 휘저으며 벽을 타고 오르고 있었다. 동운은 소화기 노즐을 쥐고 사방에 소화액을 뿌려댔다. 불길은 잠시 뒤로 물러서나 싶더니 먹이를 포위한 하이에나

처럼 다시 몰려들었다.

꽤 넓은 공간이었다. 동운은 자신의 사무실보다 열 배는 넓은 듯한 그곳을 수색하며 불길과 사투를 벌였다. 생존자라곤 보이지 않았다. 있다고 해도 살아 있을 수 없을 듯했다.

그때, 구석에 세워둔 은색 가방 하나가 보였다. 동운은 직감적으로 그것이 뭔지 알았다. 술에 취해 떠들던 수리기사로부터 들은 적이 있었다. 1구역 거주자들이라면 하나씩 가지고 있다는 은색 가방, 속에 불로초 같은 약물이 있다는 그 가방. 암시장에서 떠도는 소문 속 존재.

불길이 내뿜는 시뻘건 빛이 아타셰케이스 위에서 이글거렸다. 신을 배반하라고 유혹하던 뱀이 내밀던 열매처럼, 인간은 죽음의 굴레를 벗어던질 욕망을 참아낼 수 있을 만큼 강하지 않다. 하물며 삶에 대한 집착만큼 강한 본능이 있을까?

동운은 은색 가방을 집어 들었다. 그 순간.

"완전 재수 옴 붙은 날이지."

소름 끼치는 목소리가 들렸다. 동운은 고개를 돌렸다. 불길과 죽음만이 가득 찬 지옥과도 같은 이런 공간에서, 온몸에 화상을 입은 남자가 우뚝 서서 살기 어린 눈으로 동운을 노려보고 있었다. 남자의 얼굴은 피범벅이었고, 그가 입은 검은색 바지에서는 김이 피어오르고 있었다.

그는 왜 그렇게까지 버티고 있었을까. 얼마든지 착복식으로 새 삶을 살 수 있을 텐데. 뜨거우면 건물 밖으로 몸을 던지면 될 텐데. 끔찍한 고통이 따르겠지만, 착복식만 마치면 새로운 육체는 그 순간을 기억하지 않을 것이었다. 그러나 그는 불에 일그러진 얼굴로 동운의 손에 든 아타셰케이스만 뚫어지게 노려볼 뿐이었다.

남자는 뒷주머니에서 작은 아미 나이프를 꺼냈다. 날을 빼더니 한 바퀴 휙 돌려 손잡이를 잡고는 달려들 자세를 취했다. 남자의 얼굴은 붉은 선혈로 가득했다.

"벗어날 수 없어. 절대."

불길한 말과 함께 남자는 동운에게 달려들었다. 강한 생존 본능이 동운을 잠식했다. 동운은 남자의 공격을 받아들였다. 바닥에 나뒹굴고, 주먹이 오가고, 칼에 베고 베이고. 가방을 지키기 위해 처절한 싸움을 벌였다. 남자의 몰골처럼 동운의 몰골도 변해갔다. 찢긴 방호복 사이로 상처가 드러나고, 방독면이 벗겨진 얼굴엔 터지고 찢긴 상처가 가득해졌다. 그사이 불길은 더 거세져 숨쉬기가 더 힘들어졌다.

인이어에서 5분 뒤에 철수하겠다는 상현의 목소리가 들렸다. 시간이 없었다. 동운은 괴성을 지르며 남자에게 마지막 일격을 날렸다. 마침내 남자가 쓰러지자, 동운을 그를 깔고 앉아 미친 사람처럼 주먹을 내리꽂았다. 남자의 몰골은 더욱 처참해졌다. 그럼에도 그는 기괴한 미소를 지으며 동운을 조롱했다.

"넌 절대 여길 벗어날 수 없어. 그건 나도 알고 너도 아는 거잖아."

"뭐야?"

"너의 욕망이 네 뜻대로 되지 않을 거야."

남자의 불길한 웃음이 동운의 운명을 저주하고 있었다. 동운은 아타셰케이스를 들어 남자를 마구 내리쳤다. 남자의 코가 부러지고 이가 산산조각 났다.

"지랄하지 마! 니들이 뭘 알아! 1구역 새끼들이 뭘 아냐고! 죽는다는 게 뭔지는 아냔 말이다!"

불길 소리는 분노와 울분에 가득 찬 동운의 괴성을 덮어주었다. 힘겹게 일어난 동운은 널브러진 남자를 남겨둔 채 방독면을 쓰고 서둘러 그곳을 빠져나왔다. 손에는 아타셰케이스를 들고. 2분쯤 지난 듯했다. 혹시라도 누가 봤을까 두려웠다. 1구역의 물건을 훔친 것도 모자라 1구역 거주자까지 죽였으니, 이건 서비스 해지로 끝나지 않을 사안이었다.

계단을 힘겹게 올랐다. 온몸이 쑤시고 기진맥진했지만

멈출 수 없었다. 곧 모두 옥상으로 철수할 것이었다. 내려올 때는 한순간이었는데, 올라가는 계단은 모래밭 같았다. 정신을 차리기 힘들었다.

동운은 사력을 다해 옥상에 도착했다. 처음보다 시야가 더 어두워졌다. 로프가 잘 보이지 않았다. 마음이 급해서 그런지 앞을 분간하는 게 평소보다 더 어려웠다. 간신히 로프를 찾은 동운은 한 손에는 아타셰케이스를 들고, 다른 한 손으로는 승하강 장치를 붙잡았다. 상승 버튼을 누르자 동운의 몸이 올라가기 시작했다.

"네가 있어야 할 곳은 바로 여기야!"

누군가의 손이 동운의 발목을 붙잡았다. 동운이 죽였다고 생각한 그였다. 승하강 장치는 중량 초과로 더이상 오르지 못하고 제자리에서 헛바퀴만 돌았다. 검은 연기 속에서 동운과 남자가 로프에 대롱대롱 매달려 있었다. 불구덩이에서 꺼낸 것처럼 시커멓게 타버린 남자의 몸뚱이는 온통 피로 뒤덮여 있었다. 동운을 올려다보는 남자는 웃고 있었다. 입술까지 녹아 잇몸이 다 드러난 입으로 낄낄거리면서.

지옥에 떨어져 처음 만나는 존재가 있다면 이 남자일 거라는 생각이 들었다. 동운은 욕설을 내뱉으며 발을 구르듯 그의 얼굴을 사정없이 걷어찼다. 마침내, 그는 검은 기체를 내뿜는 불길 속으로 추락했다.

*

그날 이후 1구역 거주자 구조 실패에 대한 책임을 물어 조직 내 강력한 구조 조정이 있었다. 해고의 기준은 냉혹했다. 운동 능력, 구조 성과와 기여도 등을 종합해 세밀하게 등급을 나누고 하위에 속한 팀원들은 모조리 해고했다. 동운을 비롯한 상현과 김지희는 살아남았다. 건강 상태까지 조사했다면 동운은 해고됐겠지만, 이번 구조 조정은 간신히 피할 수 있었다.

이것이 그동안 동운을 괴롭혀온 악몽의 진실이었다. 그리고 기한을 의심했던 이유이자 김지희를 제거하려는 이유이기도 했다.

그동안 동운이 악몽과 현실이 뒤섞이는 고통을 겪은 이유는, 기한이 그 남자일 수도 있다는 생각 때문이었다. 기한의 말과 행동이 그 남자와 똑같았으니까.

김지희도 마찬가지였다. 꿈인지 현실인지 지금도 분간할 수 없는 그 새벽, 김지희도 똑같은 말을 했었다. 어쩌면 김지희도 그날 맨션에서의 일을 본 건 아닐까? 동운은 김지희가 있는 한 의심을 멈출 수 없었고, 진통제로도, 졸피뎀으로도 잠들지 못했다.

어쨌든 이제는 편히 잘 수 있겠구나. 노인의 말에 의하면, 동운이 가방을 훔친 것을 본 목격자는 확실히 죽었다. 그 남자는 그 집에 살던 사람이었을 테니까. 더이상 이 은색 가방을 찾는 이는 없을 것이다. 더이상 그 남자는 내 세상에 나타나지 않을 것이다. 그날 새벽에 마주쳤던 김지희도 그저 꿈이었을 것이다.

동운이 안고 있는 아타셰케이스에는 비밀번호를 입력하는 버튼이 있었다. 이제 숫자 여섯 개만 알아내면 다 해결될 것이다. 동운은 욕실 벽에 기대어 앉아 아타셰케이스를 꼭 끌어안았다. 보름 뒤 건강 검진이 진행된다. 그전까지만 열면 된다. 모든 게 다 해결될 것이다. 가방만 열면. 비밀번호만 찾으면.

동운은 잠이 쏟아지는 것을 느꼈다. 간만이었다. 수면제도 없이 잠이 오는 건. 오랜만에 편안한 잠을 잘 수 있을 것 같았다. 그을음 자국이 가득한 아타셰케이스를 끌어안은 채 동운은 그대로 욕실 바닥 위에서 잠이 들었다.

7장

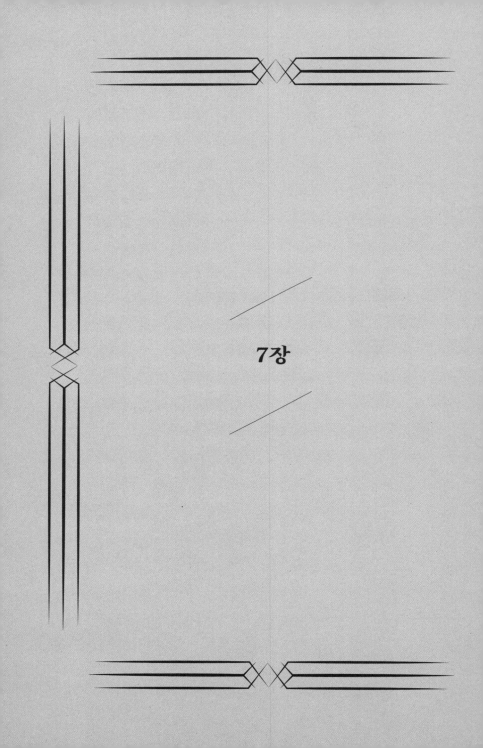

집착

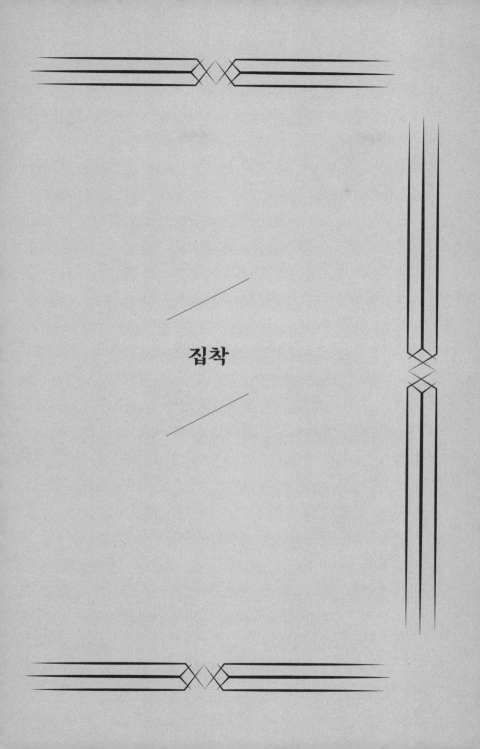

히스기야가 대답하되 그림자가 십도를 나아가기는 쉬우니
그리할 것이 아니라 십도가 뒤로 물러갈 것이니이다 하니라

-열왕기하 20장 10절

새벽 두 시. 밤하늘에는 잔뜩 낀 먹구름 때문에 한줄기 달빛조차 내려오지 않았다. 도시는 곧 일어날 잔인한 운명을 예견하듯 암울했고, 창밖 먼 곳에서는 고함과 비명, 날카로운 것이 깨지는 것 같은 시끄러운 소리들이 들려왔다. 모두가 잠들어야 할 늦은 시간임에도 자신들이 바라는 것을 위해 극렬하게 싸우는 저항세력은 쉬이 잠들지 않았다.

2구역 곳곳에서 그런 소동이 있다는 것을 말해주듯 본부 건물 위로 오가는 헬기의 프로펠러 소리가 창문을 세차게 두드렸다. 지상에서는 클래식 음악과 함께 차분한 여성의 안내 방송이 들려왔다. 그것은 곧 고객서비스팀 기동대가 등장한다는 것을 의미했다.

고객서비스팀은 한번 잡은 타깃은 절대 놓치는 법이 없

었다. 특히나 기동대 차량은 먹이를 발견한 맹수처럼 맹렬하게 타깃의 뒤를 쫓았다. 누군가 차량에 치이거나 총에 맞아도 전혀 개의치 않았다. 그런 일이 발생한들 그들에게 책임을 묻거나 징계받을 일이 없으니 당연했다.

기동대가 등장한다는 것은 그만큼 저항세력의 규모도 커지고 조직적으로 바뀌었다는 뜻이었다. 비록 기동대의 화력에 비하면 보잘것없었지만, 저항세력이 폐수의 강 너머 멸망의 땅에서 가져왔다는 구시대 무기들은 꽤 효과적이었다.

저항세력의 일부는 전기련 본부와 계열사 내에 숨어 있었다. 거미줄처럼 얽힌 그들의 네트워킹은 전기련의 약점을 찾아내 외부 동료들과 공유하는데 큰 역할을 했고, 전기련은 내통자를 찾으려 혈안이 되었으나 아직까지 눈에 띄는 성과는 없는 상태였다.

싸움은 빈번해졌고 사상자도 늘고 있었다. 거리 곳곳에 남아 있는 피비린내와 알싸한 화약의 잔향이 뒤섞여 사람들의 불안감을 더하고 있었다.

그러거나 말거나, 동운은 나흘째 거의 뜬 눈으로 지내고 있었다. 자신의 운명이 달린 불로초를 꺼내기 위해서였다. 동운은 무언가에 홀린 사람처럼 중얼거렸다. 핏줄이 터져 붉어진 흰자위는 광기와 집착으로 가득했고, 몰골은 점점 더 초췌해졌다. 동운의 남은 모래시계는 계속해서 아래로 쏟아지고 있었다.

침대가 있는 좁은 방은 칠흑같이 어두웠고, 욕실의 노란 불빛만이 문틈 밖으로 새어 나왔다. 동운은 욕실에서 아타셰케이스를 부여잡고 손잡이 아래에 있는 조그마한 숫자 번호판을 돌리고 있었다.

001206. 001207…….

좀처럼 비밀번호를 맞출 수 없었다. 그렇다고 공구를 이용해 열 수도, 가방을 부술 수도 없었다. 아타셰케이스는 손잡이만 제외하고 모두 금속으로 되어 있어서 웬만한 폭발에도 끄떡없을 정도로 단단해 보였다. 강제로 여는 방법은 사실상 없다고 봐도 무방했다.

숫자 여섯 자리 비밀번호를 조합해야 했다. 조합할 수 있는 경우의 수를 계산해보면 무려 백만 개. 하루에 십만 개씩 입력해도 열흘이 걸린다. 말이 십만 개지, 경우의 수를 하나씩 제거해 나가며 번호를 입력하는 건 머리가 지끈거릴 정도로 힘든 일이었다. 그러다 보니 동운의 신경은 날카로워지고 작은 일에도 괜히 분노가 치밀었다.

그렇다고 이 일에 하루 종일 매달릴 수도 없는 노릇이었다. 의심을 사지 않으려면 제때 출근해서 눈에 띄지 않아야 했다.

거리에는 저항세력이 곧 봉기할 거란 소문이 돌았다. 디

데이는 일주일 내일 거라고 했다. 그런데 전기련의 대처가 의문스러웠다. 저항세력이 산발적으로 벌이는 공격에 대해 형식적인 대응만 할 뿐 전력을 다해 반격하지는 않았다. 이런 걸 아는 사람들은 전기련의 이런 대응에 더더욱 불안해졌다.

퇴근한 동운은 슬롯머신에 빠진 도박 중독자처럼 계속해서 가방만 붙들고 있었다. 지문이 다 닳을 듯했고 눈알도 빠질 것 같았다. 누가 들이닥칠지 모른다는 불안감에 좁은 욕실에서만 이 짓을 하다 보니 밤새 몸을 구부려야 했다.

사실 며칠 전 1구역에 가서 기한을 되찾아 온 날, 동운은 자신이 벌인 짓을 목격한 자가 아무도 없다는 확신이 들었다. 그랬기에 그날 밤은 오랜만에 깊은 잠에 들 수 있었다. 지긋지긋한 악몽도 꾸지 않았다. 희망이란 것을 쥐게 되니 사무실에 출근해서도 이전과는 달리 활기 넘치게 행동했다. 통증이 몰려와도, 화장실에서 헛구역질을 해대도 상관없었다. 가방만 열면 되니까. 하지만 희망은 조금씩 줄어들었다. 비밀번호를 풀어보려고 며칠 밤을 지새우면서 피로가 누적되었고, 저항세력으로 인해 출동은 더욱 빈번해졌다. 온갖 고통에 잠까지 설치다 보니 몸 상태는 급속도로 악화되는 것 같았다.

정신적으로나 육체적으로 한계에 도달했다는 걸 체감

하고 있었다. 동운은 몇 번이나 회사 화장실로 달려가 피를 토했다. 변기 물에 쏟아져 빨간 물감처럼 퍼져 나가는 선혈을 보면서 절망감을 느꼈다. 눈도 움푹 들어가고, 피부는 누렇게 변했다. 평소에는 자신에게 관심도 없던 동료조차 괜찮냐고 물어볼 정도였다.

어떻게든 가방을 열어보겠다고 주저앉아 있는 동운 옆에는 모양이 다른 알약들과 모르핀 주사기들이 굴러다니고 있었다. 정기 검사까지 얼마 남지 않았기에 천천히 할 여유도 없었다. 그러기를 며칠째.

012024. 012025…….

시간이 없는데 눈꺼풀은 천근만근 무거웠다. 결국 스르르 눈이 감기며 잠이 들고 말았다. 동운은 꿈속에서 3일 전에 겪었던 일을 다시 떠올리게 되었다.

*

3일 전.

—비상! 토호 그룹 통신 센터. 통신탑* 발전기 화재 및

* 뉴소울시티 중심 산 꼭대기에 있는 통신탑은 대한민국의 유물이었는데, 뉴소울시티가 들어서면서 통신 분야에 특화된 토호 그룹의 소유가 되었다. 통신탑은 도시의 모든 전파 신호를 전달하는 허브 역할을 했다. 에르트가 신속하게 출동할 수 있는 것도 토호의 통신탑의 촘촘한 통신망이 덕분이었다.

파손. 대응 4팀 출동!

저항세력은 데메테르 수송 트럭 탈취 사건 이후부터 본격적으로 무력을 사용하기 시작했다. 통신탑 점거 사건도 그들의 작전 중 하나였다. 전기련의 눈과 귀를 어둡게 하기 위해 그들은 산을 둘러싸고 통신탑에 접근했다.

전력 차이는 확실히 전기련의 고객서비스팀이 압도적이었다. 개인 화기는 물론, 공격과 방어 모두 월등한 성능을 보이는 기동대 차량과 최첨단 헬기인 블러드배서 Bloodbather 수십 대까지 보유하고 있었다. 그 헬기들은 보이지 않는 곳에서도 공격이 가능했다.

지상에서는 게릴라처럼 치고 빠지는 저항세력들을 쉽게 찾아내기 힘들었다. 2구역 곳곳에 숨은 그들은 바퀴벌레처럼 공장과 거주지, 암시장 같은 곳에 숨었다가 상황이 잠잠해지면 다시 슬금슬금 기어 나왔기 때문이다. 그런 저항세력을 가장 잘 타격하는 것이 블러드배서였다. 기존에 존재하던 30mm 기관포는 개량되어 최대 1200발이었던 것을 1500발까지 실을 수 있었고, 대전차 미사일이나 공대공 미사일을 달 수 있었던 자리들은 종말 이후 표적 요인 추격 암살을 할 수 있는 소형 미사일들로 대체되었다.

콕핏* 안에 있는 조종사는 헬멧 바이저의 영상에 따라 손쉽게 적을 파악하고 공격할 수 있었다.

그러나 블러드배서도 2구역 건물이나 공장 뒤에 숨은 적들을 찾아내려면 통신탑에서 보내주는 데이터를 받아야 가능했다. 그래서 저항세력은 여러 타깃 중에 토호의 통신탑을 목표물로 설정한 것이었다.

저항세력들이 어떻게 정보를 주고받는지에 대해서 전 기련은 전혀 파악하지 못했다. 책이나 개인용 전자기기 소지가 금지됐음에도 불구하고 그들은 일사불란하고 조직적으로 행동했다. 통신탑을 공격하는 것도 마찬가지였다. 사전에 입을 맞춘 저항세력들이 하나둘 통신탑으로 모여들었다. 통신탑 구내식당에 식자재를 납품하는 직원이나 통신탑 엔지니어, 심지어 통신탑의 보안을 책임지는 보안팀원이었던 이들은 정오를 기점으로 일제히 저항세력으로 분해 통신탑을 장악해 나갔다.

지하 1층에 있던 식당도 중요한 기점 중 하나였다. 데메테르 직원으로 위장한 저항세력 세 명이 라이플로 점심을 먹던 직원들을 식당에 가두는 데 성공했다. 그 시각, 오래된 아날로그 손목시계를 찬 보안팀원이 권총으로 1층 보

* 조종석.

안팀의 무장을 해제시켰고 그들을 식당까지 끌고 왔다. 통신탑에 있던 직원들을 식당에 감금하는 데까지는 삼십 분도 채 걸리지 않았다.

그러고서 저항세력은 통신탑 꼭대기에 있는 메인 서버룸으로 올라갔다. 그 와중에 엔지니어실 점거도 시도했는데, 뜻밖에 강하게 저항하는 직원들 때문에 예상치 못한 교전이 벌어졌다. 교전 중 조직원 일부는 사망했고 나머지 역시 큰 부상을 당했다. 화재까지 발생해 엔지니어실과 복도에 스프링클러가 터지고 화재 경보가 시끄럽게 울렸다.

그런 중에 에르트 대응 4팀이 출동한 것이었다. 대응 4팀에 지시된 최우선 업무는 통신탑 관리자와 엔지니어 구출이었다. 메인 서버룸에서 교전이 벌어진 지 얼마 안 되었을 때, 통신탑 상공에 대응 4팀의 헬기들이 도착했다. 그러나 통신탑 옥상이 좁아서 한 대가 투입되면 다른 헬기들은 주위에서 대기해야 했다.

화재 현장이 아니다 보니 시야 확보에는 어려움이 없었지만 오후부터 온다던 비가 내리기 시작했고 강풍까지 불었다. 바람의 세기에 따라 작동 여부가 정해지는 자동 호버링 장치 버튼에 경고 불이 켜졌다 꺼지기를 반복했다.

먼저 1유닛이 진입했다. 바람이 거세 호버링을 하는 데 애를 먹는 것 같았다. 결국 조종사는 남겨둔 채 유닛원들과 리사이클러들이 옥상으로 하강해 건물 내부로 진입했다. 그들이 안정적으로 진입하자 1유닛 헬기는 옆으로 비켜 자리를 내주었다. 다음 차례는 2유닛이었다. 소용돌이가 일고 기체가 흔들리자 탑승한 팀원들 얼굴에도 긴장한 표정이 역력했다.

상현의 지시에 모두 로프 하강을 시작했다. 로프가 날릴 정도로 바람이 심했지만 다행히 모두 안전하게 옥상에 도착했다. 자동 호버링 기능을 사용할 수 없어 헬기에 남은 동운은 상현의 지시에 따라 레버를 당겨 통신탑 상공을 벗어났다.

마지막 3유닛 헬기가 상공에 진입했고, 빗줄기가 거세지며 상황은 더 악화되었다. 그때, 3유닛의 한 팀원이 로프 하강을 하던 중 강풍에 의해 미끄러져 통신탑 밖으로 추락했다. 그 모습을 모두가 목격했다. 3유닛 팀원들이 조금 머뭇거리는 듯했다.

"머저리들처럼 뭐 하는 거야? 꾸물대지 말고 빨리 서버룸으로 진입해!"

헤드폰으로 들리는 통제실의 목소리는 떨어진 팀원을 전혀 신경 쓰지 않았다. 그렇지만 동운이 지금 할 수 있는 건 없었다. 일단 오늘은 어떻게 해서든 살아남는 게 먼저였다.

동료들이 빨리 나오길 기다리며 동운은 카푸치노 두 알을 삼켰다. 또다시 가슴이 두근거리고 시야가 어지러웠다. 1분이 하루 같았다. 잠시 후 옥상 문 사이로 연기가 피어오르는 것이 보였다. 내부에 일어난 불이 바쁘게 번지는 듯했고 총소리가 들리는 것으로 보아 저항세력과의 교전 역시 여전한 듯했다.

드디어 대응팀 팀원들이 관리자들과 엔지니어들을 데리고 옥상으로 나왔다. 동운이 조종하는 2유닛 헬기가 옥상으로 진입했다.

상현과 김지희 얼굴도 보였고, 동료들의 수가 서너 명 줄어든 것으로 봐선 내부에서 교전 중 심각한 부상을 당하거나 사망한 것 같았다.

계속되는 강풍에 헬기는 이리저리 흔들리며 균형을 좀처럼 잡지 못했다. 악전고투 끝에 로프를 내려줄 포인트에 도착한 동운은 호버링을 하면서 옥상 상황을 계속 확인했다.

"아예 로프를 고정할게!"

상현은 다급하게 동운에게 말했다.

"안 됩니다! 너무 위험해요!"

동운은 상현의 지시를 거부했다. 로프를 지면에 고정하면 헬기가 위험에 처할 수 있었다.

"지금 이게 더 위험해! 줄도 미끄럽고, 리사이클러들이 붙잡고 있어도 지금 상황에선 역부족이야!"

상현은 짜증스럽다는 듯 말했다. 평소에는 세상 좋은 사람처럼 굴었지만 위급한 순간에 그는 이기적이고 신경질적으로 변했다.

상현은 로프를 바닥에 고정하고 구조한 인력들을 헬기로 올려 보내기 시작했다. 그럼에도 로프가 비에 흠뻑 젖어서 승하강 장치가 자꾸 미끄러지는 문제가 발생했다. 아슬아슬하게 한 사람씩 헬기로 올라갔다. 가장 먼저 올라와서 구조자들을 끌어올린 사람은 상현이었다. 동운이 고도를 유지하느라 애를 먹는 걸 아는지 모르는지 상현은 기체가 너무 흔들린다며 계속해서 투덜거렸다.

구조자들부터 하나둘씩 헬기에 탑승했다. 비를 흠뻑 뒤집어쓴 이들의 얼굴에는 두려움이 가득했다. 건물 안 상황이 여간 심각한 게 아닌 것 같았다. 드디어 구조자부터 팀원들까지 모두 무사히 탑승하자 상현과 팀원들은 스키드에 로프를 달아 떨어뜨렸다. 그 로프를 타고 리사이클러들이 올라오기 시작했다. 리사이클러 중에서 기한이 가장 마지막 순서였다. 승하강 장치를 손에 쥔 기한은 로프를 타고 올랐다.

그때였다. 기한의 손이 미끄러지더니 십여 미터를 추락했다. 그 순간, 동운의 머릿속에 떠오른 것은 그 남자였다.

동운이 직접 화염 속으로 떨어뜨렸던 남자. 왠지 모를 죄책감에 사로잡힌 동운은 기한을 구해야만 할 것 같았다.

"그냥 출발해!"

상현은 또다시 소리를 질렀다. 동운은 자신이 조종간을 잡고 있으니 대신 내려가 기한을 끌고 와 달라고 부탁했다. 그런데 아무도 나서지 않고 눈치만 보았다. 동운은 부아가 치밀었다. 시간이 없다며 붙잡는 상현의 손을 뿌리치고, 동운은 점멸하는 자동 호버링 장치 버튼을 힘주어 누르고는 달려가 로프 하강을 했다. 버튼을 강제로 눌러서 그런지 헬기는 이전보다 더 출렁거렸다.

내려가면서 승하강 장치의 휠이 헛돌아 휘청거리고 불안했지만 다행히 무사히 옥상에 안착했다. 동운은 널브러져 있는 기한에게 달려갔다. 충격이 컸는지 기한은 중심을 잡지 못했다. 동운은 기한을 부축한 채 한 발 한 발 내디뎠다.

다시 세찬 바람이 불었고, 바닥에 흥건한 물기 때문에 동운과 기한이 동시에 미끄러졌다. 동운이 쓰러지면서 기한을 놓쳤는데, 기한은 옥상 끄트머리로 쭉 미끄러져 갔다. 동운은 사력을 다해 뛰어가 기한의 팔을 잡았다. 기한은 옥상 밖으로 떨어지기 직전에 동운의 팔을 잡고 매달렸다. 동운은 두 손으로 부들부들 떨며 기한을 끌어올리려 했지만 자신의 체력으론 안 될 것 같았다.

"기한! 내 팔을 잡고 올라와!"

동운의 말에 기한도 힘을 주어 올라오려고 버둥거렸다. 하지만 정작 올라오지는 못하고 오히려 기한의 몸이 공중에서 불안정하게 덜렁거렸다.

"올라와! 중심을 잡고!"

동운은 사력을 다해 끌어당겼다.

—벗어날 수 없어. 절대. 그건 나도 알고 너도 알잖아.

동운은 숨이 멎을 뻔했다. 또 그 목소리였다. 기한을 다시 보니, 녀석이 쓰고 있는 헬멧에 심하게 금이 갔는지 틈새가 벌어져 있었다. 그제야 동운은 자신의 손에 매달린 미라의 붕대 속 정체를 보았다.

그 남자였다.

동운의 심연에 도사리고 있던 죄책감의 근원. 그가 확실했다. 정으로 바위에 글자를 새기듯, 지옥의 불길로 가득했던 그곳에서의 모든 순간은 동운의 머릿속에 새겨져 있었다.

일그러진 얼굴, 깨진 이, 그리고 이 남자의 모든 상처는 동운의 비밀에 대한 흔적들이었다. 동운이 은색 가방을 훔치는 것을 본 유일한 목격자이자 동운을 괴롭히던 악몽 속 그 남자가, 계속 동운과 함께하고 있었던 것이다.

이대로는 위험하다. 만약 감사팀에서 기한의 이전 데이

터까지 모두 확인하면 동운이 했던 짓들을 다 알아낼 것이다. 그 모든 진실이 밝혀진다면 동운은 서비스 해지로 생이 끝날지도 몰랐다. 암이 선고한 자신의 생존 기간도 채우지 못한 채.

쏟아지는 빗줄기가 계속해서 동운의 머리를 두드렸다.

'이놈을 어떻게 할까? 이대로 손을 놔버리면 전기련이 다시 회수해서 조사를 하는 건 아닐까? 아니다. 그들이 굳이 기한을 수거하지 않을 것이다. 잠깐만, 이놈은 목격자다. 그런데 살아서 돌아왔다. 그렇다면 그 새벽에 있었던 일은 환각이 아닌 걸까? 그러면 김지희도 알고 있다는 말인가? 설마…….'

동운의 선택은 손을 놓는 것이었다. 어쩔 수 없다. 기한을 다시 한번 떨어트리면 진실은 완벽하게 은폐될 것이다. 지금 녀석을 잡은 손에서 힘만 빼면 된다. 힘만 좀 빼면…….

"끌어당겨!"

느닷없이 누군가가 기한을 덥석 잡았다. 김지희였다. 헬기에서 보고 있던 김지희가 도와주러 내려온 모양이었다. 동운은 짜증이 났다. 김지희는 항상 동운의 계획에 재를 뿌렸다.

어쩔 수 없이 동운도 김지희와 함께 기한을 끌어올렸다. 비바람이 몰아치는 가운데 기한을 끌어올리며 사투를 벌인 이들은 드러누워 잠시 숨을 몰아쉬었다. 그러고는 김지희가 일어나더니 주머니에서 은색 테이프를 꺼내 기한 헬멧의 벌어진 부분을 오므리고 테이프로 칭칭 감아주었다. 그러자 마지못해 동운도 일어났다.

동운과 김지희는 기한을 부축해 일으켰다. 기한은 신체 기능이 서서히 돌아오고 있는지 비틀거리긴 했지만 다시 중심을 잡고 천천히 걷기 시작했다. 동운이 기한의 손에 승하강 장치를 쥐여주며 복귀 명령을 내리자 이내 기한은 승하강 장치의 버튼을 눌렀고, 로프를 타고 헬기로 올라갔다.

"어떻게 아무도 모를 거라고 착각하는 거지?"

김지희의 냉소적인 목소리가 들렸다. 비에 젖은 머리카락이 김지희의 얼굴 위로 축 늘어졌다. 그 사이로 보이는 김지희의 눈빛은 목소리만큼이나 매서웠다.

잠들어 있던 통증들이 다시 아우성치기 시작했다. 동운은 간신히 헬기에 올라 통신탑 상공을 벗어났다. 2유닛이 시간을 많이 지체한 탓에 3유닛 헬기는 이제야 옥상 위로 진입했다. 3유닛 팀원들이 구조자들과 함께 헬기에 오르는 순간, 뒤쫓아온 저항세력의 총알에 맞은 3유닛 팀원 하나가 뒤로 쓰러졌다. 그 충격에 저항세력에게 대응하기 위해 라이플을 무장하고 있던 팀원의 총구가 하늘로 향하면서 3유닛 헬기의 엔진을 향해 우발적인 불을 뿜었다.

헬기의 엔진에서 불이 치솟았다. 헬기는 몇 번 푸드덕거리더니 연이은 폭발과 함께 힘없이 추락했다. 저항세력의 조직원은 자신들의 결과를 미처 확인하기도 전에 옥상에 진입한 기동대의 총알에 맥없이 쓰러져 숨을 거두었다. 동운은 이를 악물고 헬기를 조종하고 있었다. 이 모든 악재와 막다른 골목에 몰린 상황도 동운은 감수할 수 있었다. 정작 동운을 미치게 하는 건 다름 아닌 기한이었다.

*

—벗어날 수 없어. 절대. 그건 나도 알고 너도 알잖아.

비명을 지르며 꿈에서 깼다. 숨을 헐떡거리며 주변을 살피자 비밀번호를 풀다 옆에 둔 아타셰케이스가 보였다. 기한, 모든 계획이 엉망이 된 건 다 그 자식 때문이다. 불구덩이 같은 악몽의 문은 닫히지 않았다. 동운의 눈앞에서 추락한 그 남자는 살아 돌아왔다. 악몽은 현실이었다. 절대 벗어날 수 없다던 그 남자의 예언은 사실이 되었다.

시간은 벌써 새벽 다섯 시 반을 가리키고 있었다. 심장이 더 빨리 뛰기 시작했다. 좀처럼 열리지 않는 아타셰케이스가 자기를 보며 비웃는 것처럼 느껴졌다.

"왜 안 열리는 거야! 열리란 말이야! 네 아가리를 벌려 내 생명을 토해내란 말이야!"

괴성을 지르며 동운은 가방을 주먹으로 세차게 두드렸다. 몇 번이고 계속해서. 살이 찢어져 피가 나고 시퍼렇게 멍이 들 때까지. 각성제는 더이상 필요 없을 것 같았다. 1구역 놈들에게는 쉽게 주어지는 작은 기회조차 자신에게는 허락되지 않는다는 사실이 온몸의 세포를 분노하게 했다.

—오늘도 *재수가 옴 붙은 날입니다.*

어디선가 또 목소리가 들리는 듯했다. 그제 본 그 남자, 헬멧 안에 꽁꽁 싸맨 천 속 미라의 실체가 자꾸만 악몽처럼 떠올랐다.

여섯 시가 되자 창밖의 어둠은 물러갔다. 밖이 밝자 욕실에서 새어 나오던 노란 불빛은 점차 희미해졌다. 동운의 머리카락은 기름을 칠한 것처럼 눅눅했고, 얼굴은 퉁퉁 부어서 유달리 초췌해 보였다. 그럼에도 동운은 욕실 바닥에 주저앉아 비밀번호와 끝이 보이지 않는 사투를 벌이고 있었다. 그때, 숙소 전체에 시끄러운 알람이 울리기 시작했다.

—집합! 에르트 전 직원은 15분 뒤 본부 1층 홀로 집결하십시오.

"이 새벽에 왜 지랄이야! 나 좀 내버려 두라고! 씨발!"

모든 집중력을 끌어 짜내도 모자랄 판에 이런 소음은 참을 수 없었다. 예민해진 동운은 괴성을 지르며 또다시 아타셰케이스에 주먹을 날렸다.

—집합! 에르트 전 직원 집합! 15분 전!

"알았다고! 알았다니까!"

1층 홀에 도착하니 숙소에 있던 직원들부터 근무 중이었던 근무자들까지 모두 모여 있었다. 업무까지 중지시키고 전 직원을 집합시키는 일은 없었기에 모두가 얼떨떨한 얼굴이었다. 통제실 관리자가 앞으로 나오더니 팀별로 서라고 지시했다. 몇몇은 잠이 덜 깼는지 어슬렁어슬렁 어설프게 자기 소속에 맞게 줄을 섰다.

하필이면 동운은 김지희 앞에 서게 됐다. 안 그래도 불편한 사람인데, 김지희는 동운에게 한 발짝 가까이 다가오더니 동운의 귀에 대고 속삭였다.

"동운 씨는 자신이 무슨 짓을 했는지 모를 거야. 그놈의 욕심 때문에."

동운은 김지희가 무슨 말을 하는지 알아듣지 못했다.

"뭐라고요?"

"동운 씨는 지금 업보를 받는 중이라고."

"업보요? 그게 무슨 소립니까?"

"모르는 척하지 마. 기한. 그게 동운 씨의 업보야. 동운 씨 욕심 때문에 모두의 계획이 망가진 거니까."

분노를 애써 참듯이 김지희는 이를 깨물며 한마디씩 내뱉었다. 동운은 너무나도 혼란스러웠다.

"빙빙 돌리지 말고 똑바로 말해요. 못 알아듣겠으니까."

동운도 더이상 숨길 게 없다는 판단이 들었다.

"절박하면 그럴 수도 있겠다고 생각했어. 이해하려 했다고. 그런데 네가 하는 짓거리를 보고 알았어."

김지희의 목소리에서 뭔가 회한에 사무친 감정이 느껴졌다.

"지금 이 도시가 얼마나 썩었는지 관심도 없지? 넌 오로지 너, 너밖에 몰라. 수많은 사람들의 피가 도시에 철철 흐르는데도 너에겐 그저 남의 일이지."

이어지는 비난에 동운도 울컥했다. 대체 뭘 안다고 이러는 걸까, 이 여자는.

"제가 어떤 상황인지 알지도 못하면서 그만 좀 지껄이시죠."

그러자 김지희는 비웃으며 말했다.

"췌장암 말기?"

순간 동운은 뒤통수를 맞은 듯 멍했다.

"우리 팀에 그거 모르는 사람이 있어? 다들 모른 척했을 뿐이야. 너만 그런 줄 알아? 막내도 이틀에 한 번씩 투석해야 해. 6개월이 지나면 재도 어떻게 될지 모른다고. 너만 괴롭다고? 그래서 그런 거라고? 웃기지 마."

놀란 동운은 고개를 돌려 김지희를 쳐다봤다.

"미쳤어? 눈에 띄니까 앞만 봐!"

동운은 다시 고개를 돌렸다. 그러자 김지희의 이야기는 계속되었다.

"사람을 죽인 거. 그리고 훔친 거. 어떻게 그럴 수가 있는지."

역시 김지희는 알고 있었다.

"네가 우리 계획을 망쳐놨어. 우린 이 도시에 삶과 죽음을 공평하게 되돌려 놓으려고 했어. 이 부조리한 세상을 바꾸기 위해서. 그런데 네가 다 망쳐놓은 거야. 너만 살고 싶다는 그 욕심이, 모두가 이 썩어빠진 뉴소울시티의 굴레에서 벗어날 기회를 망친 거라고!"

우리? 동운의 예상도 맞았다. 감사팀이 찾던 그 내통자는 예상대로 김지희였다.

김지희가 무슨 말을 더 하려는 순간 1층 홀에 고객서비스팀 보안팀원들과 감사팀원들이 우르르 몰려들었다. 홀 안에는 긴장감이 감돌았다. 그들 사이로 동운을 농락하던 선임대리가 모습을 드러냈다.

그는 천천히 사람들을 둘러보더니 앞에 있는 단상에 올

라 마이크를 잡고 말했다.

"1차 감사 결과가 나왔을 때 에르트엔 아무 문제도 없었습니다. 그런데 도시 전역에서 불미스러운 일들이 끊이지 않자 더 심도 있게 감사를 진행하였고, 그 결과 많은 문제점이 드러났습니다. 생각보다 오래전부터 콜필드라고 칭하는 불온한 폭력 집단과 동조한 직원들이 있었다는 것도 파악해냈죠. 저희도 상당히 충격을 받았습니다. 정의와 신뢰를 저버린 직원들이 이렇게나 많을 줄 몰랐습니다. 어떻게 전기련에 대한 에르트 직원으로서의 사명을 저버리고, 사랑스러운 이 도시와 여러분에게 긍휼을 베푼 전기련을 배신할 수 있습니까? 무서운 종말의 시기에, 여러분들이 사라지지 않고 이렇게 살아남은 것이 누구 덕분인지 정녕 모르는 겁니까?"

선임대리는 계속해서 열변을 토했다. 전기련이란 어떤 존재인가? 전기련 의장이자 뉴소울시티를 창건한 류신 의장의 자비가 얼마나 크고 놀라운가? 종말에 휩쓸려 먼지만도 못한 존재가 될 뻔한 너희들이 이렇게 기쁨의 생을 누리고 있는 게 누구의 덕인가?

"오늘부터 뉴소울시티, 혼탁해진 이 도시의 혼을 말끔하게 정화하겠습니다. 무슨 뜻인지 다들 아시겠죠?"

서비스 해지를 하겠다는 뜻이었다. 선임대리는 옆에 있

던 대리에게 마이크를 넘겼다. 마이크를 넘겨받은 그는 휴대용 모니터 패널을 꺼내 리스트를 살피며 팀원들을 한 명씩 호명했다. 그리고 서비스 해지 사유를 말했다.

일순간 홀 안의 분위기가 싸늘해졌다. 수습 1팀부터 호명된 팀원들이 하나둘씩 보안팀원들에게 끌려 나갔다. 순간 동운은 자신의 뒤에서 떨고 있는 숨소리를 들었다. 김지희는 자신의 운명을 예감한 듯했다. 점차 수습팀을 지나 대응팀이 호명되기 시작했다. 해고 사유는 모두 저항세력과 연관이 있었다. 끌려 나가는 팀원들은 저항하거나 소란을 떨지 않았다. 그저 순교자처럼 묵묵히 따라갈 뿐이었다.

"대응 4팀. 김지희 대리. 사유는 이거 하나면 충분하겠죠?"

리스트를 읽던 선임대리는 의미심장한 미소를 지으며 무언가를 들어 올렸다. 그건 『호밀밭의 파수꾼』 필사본으로, 곧 찢어질 듯한 낡은 종이 묶음처럼 보였다. 그건 선임대리가 찾아오라고 했던 증거였다. 보안팀원들이 에르트 직원들 사이로 성큼성큼 걸어왔다. 선임대리는 김지희에 대한 해고 사유를 조목조목 밝혔다. 고의적인 출동 지연, 책이나 개인용 정보 기기 등 금지 물품 소지, 조직 내 분란 조장, 도시 시스템 전복 시도, 폭력 범죄 집단과의 내통 및 폭력 방조 등이었다.

"넌 절대 벗어날 수 없어. 도망치지 못해. 그건 나도 알고 너도 아는 진실이지."

저주처럼 퍼붓는 김지희의 마지막 말에 동운은 얼어붙었다. 김지희를 비롯한 저항세력의 동조자들이 단상 앞으로 끌려 나갔다. 손에는 수갑이, 발에는 족쇄가 채워졌다. 그들이 바로 종이 선언문에서나 보았던 콜필드들이었다. 동운이 그렇게나 저주하고 비난했던 이들이었다. 자신의 고통과는 전혀 관계없는 무정한 인간들이었다.

하지만 지금 사람들에게 무정한 사람은 동운이었다. 동운이 그렇게도 비난했던 그들은 비참한 최후를 앞뒀음에도 표정에서 주저함이나 두려움 따위는 찾을 수 없었다. 저들은 고작 가방을 열지 못해 안달 난 인간과 다른 부류들이었다. 죽음에 대한 태도. 그것이 그들과 동운을 구분하는 표식이었다.

"우린 통조림이 아니다! 모두 고약한 악몽에서 깨어나라! 탐욕으로 가득한 컨베이어 벨트에서 내려와라!"

김지희를 포함한 저항세력들은 줄줄이 끌려 나가는 와중에도 그들이 목숨을 걸고 싸웠던 선언문의 글귀를 외쳤다. 보안팀원들은 더 강하게 그들을 제압했지만 그들의 목소리는 멈추지 않았다. 본부 밖으로 완전히 나간 다음에야 그들의 목소리가 들리지 않았다.

특별 감사라는 명목의 집합이 끝나자 고객서비스팀과

감사팀 직원들이 돌아갔다. 아직 7시도 되지 않은 이른 시간이었다. 본부 내에는 각자 위치로 복귀하라는 안내 방송이 흘러나왔고, 그와 동시에 홀 안에 있던 사람들의 입에서 안도의 한숨이 흘러나왔다. 사형대를 지나친 사형수처럼 직원들은 떨리는 가슴으로 각자 부서로 돌아갔다.

동운은 멍하니 서 있었다. 한 발짝도 움직일 수 없었다. 누군가 동운의 사지를 붙잡고 놓아주지 않는 것 같았다. 숨이 막히고, 몸 안에 있던 모든 게 빠져나간 느낌이었다.

긴장감이 풀린 탓인지 침대에 눕고만 싶었다. 힘겹게 숙소 건물로 돌아온 동운은 엘리베이터 버튼을 누르고 우두커니 서 있었다. 엘리베이터가 도착하고 문이 열렸다. 동운의 머릿속에는 김지희가 했던 말들이 맴돌았다.

"안 탑니까?"

엘리베이터 안에 타고 있던 남자가 문이 닫히지 않도록 버튼을 눌러주고 있었다. 그제야 다시 정신을 차린 동운은 엘리베이터에 올랐다. 자신의 층을 누르려는데 이미 눌려 있었다. 먼저 타고 있던 남자가 같은 층을 누른 듯했다.

"되게 피곤해 보이시네요?"

남자의 목소리는 매우 경쾌했다. 일반적으로 에르트 직원들은 엘리베이터에서 마주쳐도 말을 걸지 않는데 이 남자는 좀 특이했다. 동운은 고개를 돌려 남자를 쳐다봤다.

밝은 회색 정장에 넥타이를 매지 않은 사내였다. 키는 그다지 크지 않았지만 눈매는 매우 날카로웠다. 동운은 처음 보는 남자였다.

"절 아시나요?"

"잘 알죠."

그때 엘리베이터가 도착했다. 문이 열렸을 때 그 앞에서 기다리고 있는 건 감사팀 직원들이었다. 동운과 남자가 내리자 남자 옆으로 비서가 따라붙었다.

"나온 거 있어?"

남자가 물어보자, 비서는 주저하며 대답했다.

"다 찾아봤는데 아무것도 없었습니다. 팀장님."

비서가 남자에게 팀장님이라고 부르자 동운은 가슴이 철렁했다. 파견 나왔던 감사팀 직원들에게 느꼈던 위압감과는 확연히 달랐다. 이 남자는 감사팀장 염세일이었다.

"다 찾아본 거 맞아?"

세일이 재차 묻자 비서는 머리를 긁적이며 그렇다고 대답했다. 동운은 남자를 경계하는 눈빛으로 흘끗 보았다. 전기련 감사팀장이라면 2구역 거주자들이 살면서 한번 볼까 말까 한 인물이다. 되도록 안 보는 게 최선이지만. 오늘은 전기련이 그토록 찾으려고 혈안이 되었던 저항세력을 색출하는 날이었다. 동운 자신은 그들과 아무런 연관이 없었기에 떳떳하다고 생각했다. 동운은 아무렇지 않은 표정을 지으려 노력하며 세일을 지나쳐 자신의 집 쪽으로 걸었다.

동운의 집 현관문은 활짝 열려 있었다. 동운의 눈이 커졌다. 동운 뒤쪽으로 다가오던 발걸음 소리들이 멈췄다.

"다들 그만 나와."

세일이 뒤에서 말하자 동운의 집에 있던 감사팀 직원들이 복도로 나왔다. 동운은 떨리는 입술을 최대한 숨기며 돌아서서 세일을 쳐다봤다.

"곽동운 씨. 잠깐 이야기 좀 할까요?"

세일이 먼저 동운의 집 안으로 들어갔다.

동운의 집은 아수라장이었다. 집 안을 이리저리 둘러보던 세일은 구두를 신은 채로 바닥 위에 널브러진 동운의 옷가지들과 물건들을 발로 쓱 밀고는 침대에 걸터앉았다. 그러고는 문간에 서 있던 동운에게 들어오라고 손짓했다. 동운이 방 안으로 어색하게 들어서자, 세일은 담배를 하나 꺼내 피웠다. 불을 붙여 한 모금 내뿜자 짙은 담배 냄새가 동운의 코를 찔렀다. 허연 연기가 안개처럼 방 안에 퍼졌다.

"요즘 의장님 심기가 안 좋다 보니 우리 감사팀이 콜필든가 뭔가 하는 놈들을 찾아내느라 고생하고 있어요. 다행히 오늘 같은 성과도 있고, 조만간 이런 상황도 끝날 겁니다."

세일은 아직 핵심을 꺼내지 않고 말을 돌렸다. 동운을

탐색하고 있는 게 분명했다. 동운은 입을 닫고 있었다.

"모두가 콜필드에 혈안이 되어 있어요. 물론 그게 중요하긴 하죠. 그렇지만 나는 시각을 좀 바꿔봤어요. 도대체 이런 바퀴벌레 같은 놈들이 왜 계속 생기는 걸까? 도대체 뭐가 불만인 걸까? 우리가 아니면 그들은 지금껏 살아남지도 못했을 텐데."

세일의 말은 아까 단상에서 열변을 토하던 선임대리의 논리와 똑같았다. 동운은 세일의 기세에 눌려 긍정도 부정도 하지 못했다.

"오랜 고민 끝에 내가 찾아낸 답은 욕망입니다. 2구역 거주자들은 자신들의 태생, 처지, 얼마 가지지 못한 자신들의 비루함, 하찮음을 쉽게 인정하지 않아요. 오직 남이 가진 것을 자기들도 갖고 싶어 할 뿐이지. 질투하고 시기하는 더러운 욕망만 가득하죠. 그 욕망이 화염병을 던지게 만들고, 그 욕망이 애먼 공장에 불을 질러 사람들을 죽게 만들고, 그 욕망이 결국 전기련에 반기를 들게 하는 겁니다. 아주 배은망덕하죠. 그러니 그놈들의 진짜 욕망만 찾아내면 놈들을 모두 솎아낼 수 있다는 게 내 판단입니다."

세일은 끌려 나가던 저항세력들을 비하하고 있었다. 단순히 욕망에 경도된 사람들이라면 그런 모습으로 순순히 끌려 나가지 않았을 것이다.

"이번에도 마찬가지죠. 모두들 콜필드만 얘기하지만, 그 뒤에 있는 욕망을 보면 답이 나와요. 저항세력이라는 놈들. 컨베이어 벨트에서 내려와야 한다는 둥, 자기들은 통조림이 아니라는 둥, 맨날 콜필드를 외쳤지만, 사실 모두가 동등해야 한다고 떠들어 댔단 말이죠. 그 말을 해석해보면 자기들도 우리와 똑같이 영생을 누려야 된다는 의도가 들어 있어요. 바로 그겁니다. 그게 답이에요. 1구역에서만 누릴 수 있는 착복식, 영생. 그것이 놈들을 작동시키는 욕망이란 거죠."

세일은 담뱃재를 방바닥에 툭툭 털었다.

"질문은 거기서 출발합니다. 동운 씨. 1구역 맨션 화재 때 기억하죠?"

"네."

동운은 고개를 끄덕였다.

"그럼 잘 알겠네요. 말했다시피 내가 그런 답을 찾은 후에 도시에서 벌어진 사고들을 면밀하게 들여다봤어요. 일반적인 사고들도 있었지만, 최근 들어 저항세력 놈들이 벌인 사고들의 빈도가 꽤 높았어요. 표면적으로 대놓고 벌인 사고들이죠. 자신들의 메시지를 드러내기 위해서. 그런데 그 많은 사고 중에서 내 눈에 띄는 사고가 하나 있었어요. 1구역 고급 맨션 화재 사고. 대부분 저항세력이 벌이는 사고는 전기련의 사업을 방해하려는 노골적인 목적이었죠. 그런데 그 사고는 그놈들이 벌인 일이라는 흔적도 없었어요. 처음에는 나도 시스템 오류로 인한 사고라고 생각했어요. 그러다 뭔가를 발견했죠. 그게 그 사고에 숨어 있는 목적이더군요. 그 목적이 내가 말한 욕망과 일치해요."

당황한 기색을 드러내선 안 된다고, 동운은 속으로 몇 번이고 되뇌었다.

"흥미를 느꼈죠. 그래서 더 자세히 조사해봤습니다. 처음부터 끝까지. 사고 대응 과정에서 에르트 내부에 저항세력과 내통한 자들이 관여한 정황이 발견됐어요. 그게 오늘 아침 일어난 결과죠. 그 배신자 새끼들."

세일은 길게 연기를 뿜었다.

"그런데 그게 끝이 아니에요. 난 좀 더 깊이 파고 들어갔어요. 왜 진입이 힘든 고급 맨션을 타깃으로 삼았을까? 그게 어떤 메시지가 있다고? 굳이 맨션 하나를 태우려고? 이해가 되지 않았어요. 그렇잖아요. 저항의 메시지를 던지려면 2구역에도 얼마든지 타깃은 많은데."

담배를 바닥에 떨어뜨리고 세일은 구둣발로 비벼 껐다.

"그놈들이 원한 게 뭔지 알아요?"

세일은 동운의 눈앞에 자기 얼굴을 들이밀었다. 동운의 눈동자 안을 들여다보려는 듯.

"아타셰케이스. 그게 감쪽같이 사라졌어요. 불을 질러 저항의 메시지를 내는 척하고 정작 찾으려는 건 그거였던 거죠. 놈들이 원했던 욕망. 우리도 훔쳐서라도 똑같이 영생을 누려야 한다, 이런 놈들의 욕망에 딱 부합하는 거거든."

"무슨 말씀인지 잘 모르겠네요."

동운은 도대체 이해가 안 간다는 표정으로 대답했다. 그러자 세일은 동운 주위를 돌면서 먹이를 노리는 맹수처럼 동운을 이리저리 훑어봤다.

"그 가방 봤어요? 금속으로 된 사각 가방"

"아뇨."

"정말로? 기록에는 조종사였던 동운 씨도 진입했던 걸로 나오던데."

"전 정말 아무것도 모릅니다. 그때 불길도 너무 심해서 뭐를 찾고 챙기고 할 정신이 없었으니까요."

동운을 흘끗 쳐다본 세일은 집 안을 다시 한번 훑어보았다.

"일단 믿어보죠. 여기서 나온 건 아무것도 없으니까. 근데 그거 알아요? 동운 씨의 리사이클러 메모리 데이터를 확인해봤는데 묘한 기록들이 있더군요. 평소엔 그저 일반적인 지시와 대답이었지만, 특이한 말을 내뱉었을 때 보이는 반응에 대한 데이터는 다르더라고요."

세일은 동운이 흔들리길 기다리고 있었다.

"재수 옴 붙은 날이었습니다."

그 말을 듣는 순간, 동운은 소리를 지를 뻔했다.

"그 말을 했을 때 파악되는 동운 씨의 반응이 평소와 달랐어요. 눈동자의 움직임이나 행동 같은 모든 게."

"제가 그랬다고요? 그럴 리가요."

세일은 알 듯 모를 듯한 미소를 지었다.

"무엇보다 동운 씨는 그 『호밀밭의 파수꾼』이라는 쓰레기 같은 책을 갖고 있었던 사람과 밀접한 관계에 있었다는 게 가장 큰 문제죠."

세일이 얘기하는 건 김지희였다.

"아닙니다! 전 그 여자와 관련이 없습니다. 그리고 전 그 여자 싫어해요. 사람을 괴롭히고 말도 함부로 하고. 저와는 아무 상관이 없습니다."

"기록엔 있던데. 당신 리사이클러 기록에는 말이야."

한여름인데도 세일에게서 서릿발 같은 싸늘함이 느껴졌다. 세일의 목소리가 한층 낮아졌다.

"거짓말하지 마. 다 알고 온 거니까. 새벽에 같이 있었고, 제3화학공장 사건, 그 긴박한 상황에서도 둘이 대화한 기록이 있었어. 또 통신탑에서 리사이클러를 구하려고 하던 두 사람 사이가 충분히 의심할 만하던데. 그래도 그 여자와 아무 상관이 없는 거라고 말할 수 있나?"

세일의 다그침에 동운은 해고될 수도 있다는 두려움에 떨었다.

"내 추론은 그래. 저항세력 놈들의 욕망은 영생이다. 1구역 그 맨션에는 영생을 이루게 해주는 물건이 있었다. 어느 날 그곳에서 이해할 수 없는 화재가 벌어진다. 화재를 진압한 건 대응 4팀 2유닛이다. 대응 4팀의 대응에 수상한 문제가 보인다. 그런데 2유닛에 저항세력의 주동자나 다름없는 인물이 있었다. 화재 진압이 끝나고 그 물건이 사라졌다. 그리고 한 남자."

그러면서 세일은 손가락으로 동운을 가리켰다.

"평소와 다른 행동 패턴을 보인다. 그는 저항세력의 주동자와 여러 번 주목할 만한 대화를 나눈 적이 있다. 긴밀한 대화라면 그 물건과 남자가 연관이 있는 게 분명하다. 그렇다면 그 가방은 남자에게 있을 가능성이 높다. 여기까지가 내 추론인데. 어때? 좀 설득력이 있나?"

동운은 어떤 패를 내놓아야 할지 머릿속이 복잡했다.

"전혀 말도 안 되는 이야기입니다. 저는 정말 그들과 연관이 없습니다."

"잡아떼지 마. 그 가방은 당신과 그 쥐새끼들이 그토록 원하던 거잖아. 콜필드가 중요한 게 아니었다고. 당신한테 제안했겠지. 나눠주겠다고. 그래서 그걸 수락하고 그들의 계획에 동참한 거잖아. 안 그래? 솔직히 말해. 숨기면 나중엔 더 감당할 수 없어."

세일은 인상을 구기며 더 겁박했다.

"정말입니다. 전 그들과 전혀 관련이 없습니다. 관심도 없고요."

"잘 생각해. 나중에 당신이 연관됐다는 증거가 나오면 그냥 해고로 끝나지 않아. 난 절대 용납하지 않는 사람이야. 내가 사는 세상을 좀먹는 게 니들 같은 놈들이거든. 이 도시에서 가장 먼저 박멸해야 할 것은 그 가방을 향한 네 놈들의 탐욕이고, 그게 이 도시를 위태롭게 하는 병균이야. 감히 전기련에 맞서서!"

"전 그런 가방 본 적도 없습니다. 제발 믿어주세요!"

동운은 세일 앞에 무릎을 꿇고 두 손을 맞잡아 흔들며 애원했다.

"저는 콜필드란 것도 모르고, 그들이 쓴 것도 잘 읽지 못하는 무식쟁이일 뿐입니다. 그런 제가 어떻게 전기련과 맞서겠습니까?"

애처롭게 목숨을 구걸하는 동운을 보자 세일은 쾌감을 느꼈다.

"난 너희들을 믿지 않아. 보이는 것만 믿지. 계속 지켜볼 거야. 오늘 잡아놓은 쥐새끼들을 구워삶으면 진실이 뭔지 알게 되겠지. 그때 네가 그 진실 속에 없기만을 빌라고."

세일은 그 말을 마지막으로 동운의 집에서 나갔다. 여전히 동운은 바닥에 무릎을 꿇고 앉아 있었다.

몇 분 후, 동운은 조용히 욕실 쪽을 쳐다보았다. 벽에 붙어 있던 타일이 다 깨져 있었다. 아타셰케이스를 숨겨두었던 타일까지 모두. 눈물이 마른 동운의 얼굴에 집착이 퍼졌다.

'난 절대 포기하지 않아. 이보다 더한 굴욕 따윈 아무 상관없어.'

8장

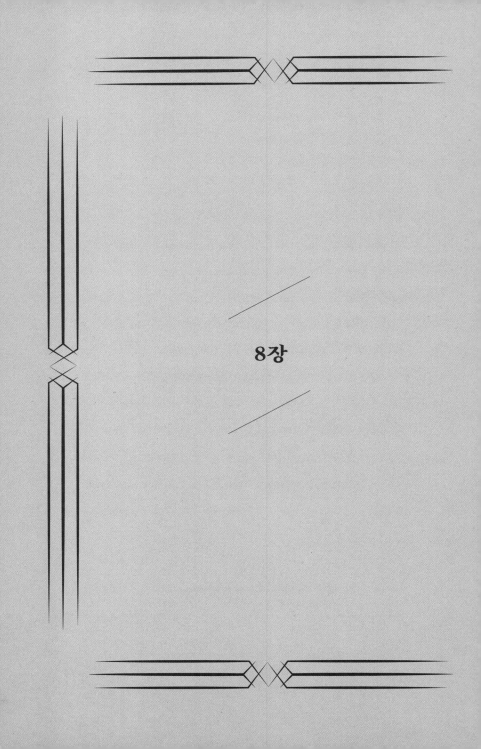

재활용 인간

이것도 결국 벽 속의 또다른 벽돌일 뿐

All in all it’s just another brick in the wall

당신 또한 결국 벽 속의 또다른 벽돌일 뿐

All in all you’re just another brick in the wall

핑크 플로이드 <Another Brick in the Wall Part 2>

—대피! 지금부터 삼십 분 뒤 2구역 리모델링을 시작하겠습니다.

대피 방송이 온 거리에 시끄럽게 울려댔다. 사방에서 검은 연기가 피어오르고 있었다. 2구역을 리모델링하겠다는 건 말 그대로 폭격을 가해 모든 걸 쑥대밭으로 만든 뒤 도시를 처음부터 다시 건설하겠다는 위협이자 경고였다. 하지만 동운의 몸은 뜻대로 따라주지 않았다. 근육이 빠진 다리는 중심만 잡아줘도 다행일 정도로 후들거렸다. 동운은 지금 도망치고 있었다. 이곳에서. 지옥이 되어버린 곳에서. 그리고 그놈에게서.

정신없이 달려가는 동운의 눈에 2구역의 거리 모습이 들어왔다. 거리에는 피로 점철된 시체들이 즐비하게 쓰러져 있었다. 화약 냄새가 진동했고, 공장과 아파트 같은 건물들은 뼈대만 남아 있었으며, 거리에 주차된 차들은 불타고 있었다. 동운은 폐허와 죽음으로 가득한 거리 위를 힘껏 달렸다. 달리면서도 드는 생각은 어쩌다 여기까지 오게 되었는가, 였다. 동운은 그저 살고 싶었을 뿐이었다.

세일이 돌아가고 동운은 더 조급해지기 시작했다. 아타셰케이스는 헬기 조종석 밑에 미리 숨겨둬서 발각되지 않았지만, 어제 아침에 잡혀간 놈들이 자신을 고발할지도 모른다는 생각에 고민이 이만저만이 아니었다. 특히나 김지희, 그 위선적인 여자가 자신에 대해 실토하게 되면 그때는 정말 끝이었다.

그런 이유로 어젯밤 내내 동운은 잠을 이루지 못했다. 그렇다고 동그란 밧줄이 목덜미를 잡아채 숨을 거둬가는 교수형을 얌전히 기다리는 사형수는 되고 싶지 않았다. 어제는 아타셰케이스의 비밀번호를 풀려는 시도도 하지 못했다. 혹시나 미행이 붙을지도 몰랐기 때문이었다. 세일에게 무릎을 꿇은 모멸감 따위는 상관없었다. 동운이 생각해낸 건, 세일이 모든 것을 알아내기 전에 미리 증거를 없애는 것이었다. 증거가 없다면 그 여자가 무슨 말을 해도 직접적인 위협이 되지는 못할 것이기 때문이다.

증거를 없앤다는 것은 곧 기한을 없앤다는 것이었다. 동운은 복도에 우두커니 앉아 자신에 대한 모든 것을 기록하고 있던 기한을 없애기로 마음먹었다. 김지희는 이제 없다. 동운의 범죄를 증명할 증거는 기한뿐이고, 그 증거는 동운의 수중에 있다. 시간이 얼마 없었다. 세일이 다시 찾아올 시간이, 동운에게 남은 생명의 시간이, 그리고 도시에 저항이라는 광풍이 몰아치기까지의 시간이.

밤새 잠을 이루지 못하고 아침을 맞이했을 때, 동운은 굳게 마음을 먹었다. 조심스럽고 자연스럽게, 기한을 완전히 파괴해야 했다. 섣불리 처리하면 오히려 더 큰 화를 불러올 수 있었다.

출근을 하려고 집을 나서자 기한은 이미 복도에서 대기하고 있었다. 이제는 녀석이 어떤 말을 해도 놀라지 않을 자신이 있었다. 이미 헬멧 안의 얼굴을 보았기 때문이다.

기한을 에르트 본부 충전 부스에 대기시키고 동운은 사무실에 앉아 상황이 벌어지기만을 기다렸다. 그렇지만 일은 동운의 예상대로 흘러가지 않았다.

—비상! 에르트 전 대원. 본부 사수!

해가 뜨자마자 2구역 거리 곳곳에서 저항세력의 대대적인 공격이 시작됐다. 폭발 소리가 사방에서 들렸고, 그 사이로 쉼 없이 발사되는 총소리들이 뒤섞였다. 창밖을 내다보던 상현은 다급하게 사무실 내의 대형 모니터 패널을 켰다.

2구역 공장마다 불이 나고 연기가 치솟았다. 공장을 점령한 저항세력들이 구호를 외치며 하얀 종이들을 마구 뿌려댔다. 안 봐도 선언문이란 것을 알 수 있었다. 그 모습들을 보면서 동운은 어제가 떠올랐다.

'하루만 더 버텼으면 김지희는 살았을까? 만일 오늘 저들이 승리를 거둔다면 억울하지 않을까? 그래, 사는 게 먼저다. 아무리 좋은 명분, 좋은 의도가 있다고 한들 죽으면 아무짝에도 쓸모없는 것이다.'

2구역 거리 곳곳에선 저항세력과 고객서비스팀 간의 격렬한 총격전이 벌어지고 있었다. 피를 흘리며 죽어가는 저항세력의 모습도 보였고, 심한 부상을 당한 채 실려가는 고객서비스팀의 모습도 보였다. 사무실에 있던 직원들은 모두 공황에 빠진 듯 멍하니 그 광경을 지켜보았다. 사람들은 갈등하고 있었다. 저항세력에 가담해야 할지 아니면 그대로 전기련의 직원으로 살아갈지 말이다. 저항세력의 승리로 끝난다면, 전기련에 가담한 자들은 심판을 받을 수 있다. 반대로 전기련이 저항세력을 제압한다면, 저항세력과 함께 죽음을 맞이할 수도 있다.

다행인지 고객서비스팀 전력의 일부가 에르트 본부 주위를 지켰다. 그런 와중에 대응팀의 모든 헬기 조종사에게 지시가 떨어졌다. 리사이클러를 대동하고 부상당한 고객 서비스팀 팀원들을 구조하는 업무였다. 동운은 아무 말 없이 헬멧을 챙기고 사무실을 나섰다. 그러자 상현도 뒤따라 나왔다.

"같이 가시게요?"

동운이 묻자, 상현은 당황한 듯 고개를 저으며 얼버무리듯 대답했다.

"아니. 잠깐 나가볼 일이 있어서."

"이 상황에요? 지금 밖이 저런데 어딜 가시게요?"

그러자 상현은 동운의 어깨를 두드리며 조심히 다녀오라는 말만 남긴 채 다른 엘리베이터를 향해 걸어갔다. 궁금했지만 지금 그런 걸 따질 때가 아니었다. 엘리베이터 앞에는 다른 유닛의 헬기 조종사들이 불안한 표정으로 서 있는 것이 보였다. 바깥 상황만큼 그들의 마음속도 전쟁일 것이었다.

하지만 동운은 오히려 담담했다. 출동 지시가 떨어졌을 때 차라리 잘됐다 싶었다. 지금 동운에겐 밖에서 벌어지는 상황보다 세일의 위협과 기한의 존재가 더 두려웠기 때문이다. 동운은 오직 기한을 자연스럽게 처리할 방법만 생각하고 있었다.

화물용 엘리베이터 앞엔 리사이클러들이 모여 있었다.

그 가운데 서 있는 기한이 보였다. 녀석이 입은 슈트는 벌써 낡아 보였고, 헬멧에는 온갖 고생을 한 흔적이 가득했다.

헬기들이 세워져 있는 본부 옥상에 들어서자 뜨거운 습기가 피부에 와닿으며 콧속으로 열기가 밀고 들어왔다. 사방에서 피어오르는 연기는 도시가 얼마나 큰 혼란에 빠져 있는지 보여주고 있었다. 에르트 본부는 2구역 내 치열한 전장의 한복판에 있었다.

동운은 주저 없이 헬기 운전석에 올라 시동을 켰다. 오늘은 기한을 조수석에 앉혔다. 메인 로터가 소음을 일으키며 힘차게 회전하기 시작했다. 엔진의 출력이 올라가면서 소음도 더 커졌다.

헤드폰으로 통제실의 지시가 들어왔다. 통제실은 피해자가 발생하는 포인트를 지시했고 동운은 그쪽으로 헬기를 틀었다.

그런데 저 멀리서 날아오는 점들이 보였다. 그들이 날아오는 방향은 분명 폐수의 강 건너편이었다. 그러나 그런 것에 신경 쓸 겨를이 없었다. 헬기는 동운이 튼 방향으로 머리를 기울이며 날아갔다.

심장은 미친 듯이 두근거렸다. 전장의 한복판으로 향하기 때문이 아니었다. 이유는 자신의 운전석 밑에 있었다. 어둠 속에서도 반짝이는 금속 아타셰케이스 때문이었다.

동운이 탄 헬기가 저항의 불씨가 한창 타오르는 현장으로 날아가던 그때, 대응 4팀 2유닛 팀장인 상현은 에르트 본부 지하 주차장으로 내려가는 중이었다. 그는 주위를 경계하며 빠른 걸음으로 걸었다.

지하 주차장은 조용했다. 수습팀의 차들도 비상 상황에 동원이 된 건지, 주차장은 텅텅 비어 있었다. 두리번거리던 상현에게 불빛이 쏟아졌다. 상현이 손바닥으로 빛을 가리자 곧이어 빛의 정체가 서서히 모습을 드러냈다. 2구역에선 보기 드문 검은색 최고급 세단이었다. 스르륵 미끄러져 오던 세단은 상현 앞에 멈춰 섰다.

뒷좌석 창문이 열리자 은밀한 접선자의 얼굴이 드러났다. 전기련 전략기획실장 선우였다. 늘 그랬던 것처럼 그는 미소를 짓고 있었다.

"어서 타요. 시간이 촉박하니까."

상현은 주위를 둘러보며 주저했다. 연신 호흡을 가다듬는 걸로 봐서 그는 갈등하고 있는 게 확실했다. 그걸 보자 선우의 눈빛이 냉소적으로 변했다.

"생각이 바뀌었나요? 복잡하게 생각할 필요 없는데."

"이래도 되는지 아직도 잘 모르겠습니다. 어쨌든 약속은 지켜주시는 거죠?"

상현은 굳은 표정으로 선우에게 물었다. 그러자 선우는

고개를 들어 하늘을 쳐다보며 어처구니없다는 듯 한숨을 내쉬었다.

"약속? 그게 그렇게 중요해?"

선우는 옆에 놓여 있던 책을 들어 보였다. 그것은 김지희가 가지고 있던 『호밀밭의 파수꾼』 필사본이었다.

"이런 걸 잘도 찾아서 갖다주더니. 왜, 갑자기 정의감이라도 생긴 거야? 넌 이미 선을 넘었어. 이제는 다시 못 돌아가."

선우의 말에 상현의 표정은 절망적으로 바뀌었다.

"왜? 아직도 그 쥐새끼들 편에 서고 싶어? 어차피 내 계획이었잖아. 너도 동의한 거 아냐? 생각 잘해. 난 당근과 채찍이 확실한 사람이거든. 어쩌면 채찍이 아니라 칼이 될 수도 있으니까."

선우의 겁박에 상현은 모든 의지가 꺾였다. 차 뒷문이 열렸고 상현은 세단에 올랐다.

"잘 생각했어요. 똥밭에 굴러도 이승이 좋다잖아요."

선우의 옆에 앉은 상현의 얼굴이 급격히 어두워졌다. 선우는 그런 상현의 모습을 보고 조용히 비웃었다. 선우의 세단은 배신의 입맞춤을 할 유다를 실은 채 지하 주차장을 빠져나갔다.

*

선우가 상현을 태운 그 시각, 세일은 감사팀을 이끌고 전기련 본부에서 빠져나왔다. 저항세력들이 1구역까지 밀고 들어왔기 때문이었다. 그들은 거주자들이 머무는 맨션만 제외하고 전기련 회원사 건물들을 모조리 공격했다. 예상치 못한 타이밍이었다. 저항세력에게도 헬기가 있었고 예상보다 훨씬 강한 화력을 보였다. 게다가 1구역 내에도 저항세력에 동조하는 이들이 있었다.

세일은 고객서비스팀과 공조하여 저항세력에 적극적으로 대응하려 했다. 그런데 이상하게도 선우는 세일에게 다른 임무를 주었다. 그래서 세일은 전기련 본부에서 나와 1구역으로 들어오는 게이트 근처에 있는 도로에서 대기하는 중이었다. 세일은 차창 밖으로 저항세력들이 들어오는 것을 직접 목격했다. 선우가 도대체 무슨 생각을 하는 건지 알 수 없던 그는 초조하게 선우의 연락을 기다릴 뿐이었다.

보름 전쯤, 세일은 선우에게 감사 결과에 대해서 보고했었다. 보고를 받은 선우는 고개를 저었다. 제대로 된 감사가 아니라는 뜻이었다. 세일은 감사를 다시 진행하겠다고 말했다.

"쓸데없이 돈 낭비, 에너지 낭비하지 맙시다."

선우는 자신에게 묘책이 있으니 더이상 감사를 진행하지 말라고 했다.

"나도 예전에는 나타나는 즉시 처리하는 게 맞다고 생각했어요. 그런데 그렇게 하다 보니 한도 끝도 없더군요. 그러다 떠오른 게 있어요. 바퀴벌레를 박멸하는 방법. 그때 무릎이 딱 쳐지지 뭡니까? 아마 그 방법이 제일 효과적일 겁니다. 그러니 기다려요. 곧 그 방법을 쓸 때가 올 거니까."

대체 선우가 생각하는 방법은 뭘까? 그 계획을 알았더라면 세일이 이렇게 초조하지는 않았을 것이다.

갑자기 공기를 둔탁하게 때리는 프로펠러 소음이 들렸다. 위를 올려다보니 박물관에나 있을 법한 구형 헬기들이 지나가고 있었다. 전투형 헬기가 아닌 일반 헬기였는데 누군가 뒷문을 열고 AK-47 소총으로 공격하고 있었다.

그런데 그중 한 대가 전기련 본부를 향해 날아갔다. 놀란 세일이 차에서 내려 확인하자 구름이 뒤덮은 전기련 본부 꼭대기로 맹렬하게 날아가는 헬기 한 대가 보였다. 그곳은 전기련의 수장인 류신 의장이 있는 곳이었다.

얼마 되지 않아 구름 안에서 불꽃이 일어났다. 그때 전기련 본부의 다른 편에서 블러드배서가 떠올랐다. 지켜보던 세일의 마음은 조마조마했다. 전기련의 블러드배서는 저항세력의 헬기와는 비교도 안 되는 빠른 속도로 전기련 본부 꼭대기를 향해 비상했다. 블러드배서도 구름 속으로 들어갔다. 몇 초 되지 않아 커다란 폭발음과 함께 화염이 일어났다. 세일은 불길한 징후가 아니길 빌었다. 불꽃은 구름 아래로 모습을 드러냈다. 세일의 바람대로, 저항세력의 헬기가 추락하는 것이었다. 망가진 프로펠러의 시끄러운 소음이 들렸다. 저항세력의 헬기는 지면으로 추락하자마자 화염 속으로 산화했다.

"팀장님. 연락이 왔습니다."

비서가 다급히 말했다. 재빨리 차에 오른 세일은 비서가 건네는 포트폴패드*를 건네받았다. 그 위로 의장실 직원의 얼굴이 홀로그램으로 등장했다. 그의 표정은 다급했다.

"의장님이 저격당하셨습니다. 생명이 위독합니다."

세일의 가슴이 철렁했다.

"빨리 소도로 이송하고 착복식 진행해!"

"쉽지 않을 것 같습니다. 소도 대부분이 저항세력들에게 습격받고 있어서 현재 접근하기가 어렵습니다. 도피 경로 확보가 절실합니다."

"어떻게든 소도로 이송해야 해! 우리가 일단 올라가지."

* 뉴소울시티에서 쓰는 스마트폰 겸 태블릿 기기. 2D뿐 아니라 3D화면으로 볼 수 있다. 1구역 거주자나 1구역에서 일하는 소수의 2구역 거주자만 가질 수 있다.

어떻게 해서든 고객서비스팀이 소도를 지켜내길 바라야 했다. 만약에 소도를 지켜내지 못하면 그곳에 보관 중인 메모리 패널까지 모조리 파손될 것이다. 그렇게 되면 뉴소울시티는 끝장이었다.

"모두 다 본부로 이동해!"

그때 포트폴패드에 알림이 떴다. 선우였다.

"지금 당장 내가 가라는 곳으로 가요. 감사팀 직원 전원 무장시켜서. 그리고 사람들 눈에 띄면 절대 안 되니까 감사팀 복장은 입지 말고 평상복으로 입으세요."

선우는 단호하게 명령했다. 의장에 대한 걱정은 자신에게 맡기라고 했다. 선우는 세일보다 위였기에 그의 명령을 거스를 수 없었다. 이해가 되지 않았지만, 세일은 어쩔 수 없이 차를 돌려 감사팀과 함께 2구역으로 들어갔다.

*

"정신 똑바로 못 차려?"

동운의 헤드폰으로 통제실의 신경질적인 목소리가 들렸다. 그 때문에 동운은 날이 섰다. 시가전은 점점 격렬해졌고, 저항세력은 반나절이 지나자 희생자가 늘어나며 서서히 밀리는 듯했다. 그래서인지 그들의 저항은 더 거세졌다. 동운의 헬기를 블러드배서로 오인해 공격하는 상황까지 발생했다. 안 그래도 에르트 헬기 세 대가 격추되었단 소식까지 들려왔다.

뒤늦게 도착한 블러드배서들이 2구역 곳곳을 돌아다니며 저항세력을 공격했다. 그들의 공격은 잔인할 정도로 무자비했다. 로켓과 체인건뿐 아니라 백린탄까지 쏟아붓는 통에 블러드배서가 지나간 곳엔 재가 되거나 팔다리를 찾을 수 없는 시신들이 쌓여갔다. 지상에서는 고객서비스팀 기동대가 공장이나 일반 거주자들이 지내는 아파트까지 기관총을 쏘아 댔다.

그들은 제정신이 아니었다. 팔을 하나 잃은 보안팀원은 실려가는 와중에도 흥얼거렸다. 그의 동공은 풀려가고 있었는데도. 그뿐 아니었다. 라이플로 무장한 고객서비스팀 팀원들은 사람이 보이기만 하면 게임하듯 총을 난사했다. 사람들이 쓰러지는 것을 보고 즐기는 듯했다. 그들의 가방엔 술과 각성제가 가득 들어 있었다.

거리에는 피가 넘쳐흘렀다. 핏물 위로 살점들이 부유했고, 쓰러진 시체들 위로 선혈이 낭자했다. 고통에 몸부림치는 자의 고함 소리, 누군가를 애타게 찾으며 살려달라고 애원하는 목소리, 그들을 보며 통곡하는 소리까지 뒤섞여 거리에 메아리쳤다. 그렇지만 고객서비스팀은 미동도 하지 않았다. 오히려 죽은 자들을 조롱하고 모욕했고, 시신 위에 술을 붓거나 불을 붙였으며 심지어 소변을 보는 자들까지 있었다. 2구역은 반나절 만에 사망의 골짜기가 되었다.

블러드배서와 기동대 차량의 공격에 공장들과 아파트가 부서지고 무너졌다. 차라리 종말이 나았을지도 모른다. 헤드폰으로 얼핏 들은 바로, 전기련은 오늘 벌인 작전의 이름을 '블랙컨슈머데이'라고 불렀다. 도시의 규칙을 따르지 않는 불량 고객들을 처리하는 날이라는 뜻이다.

동운은 비극의 무대 위를 비행하고 있었다. 그런데 그때, 옆에 있던 기한이 갑자기 이상한 소리를 내며 경련을 일으켰다. 기한은 유리창을 주먹으로 치고 손을 부들부들 떨었다. 정신을 차리라는 동운의 명령에도 기한은 발작을 멈추지 않았다. 기한의 돌발 행동에 놀란 동운은 폐허가 된 빈 공장에 서둘러 헬기를 착륙시켰다.

"내려!"

이전에는 단번에 알아들은 기한이 버벅대다가 헬기에서 내렸다. 폐허에는 시체만 즐비할 뿐 살아 있는 자는 아무도 없었다. 동운의 계획을 실행하기 좋은 장소였다. 동운은 절뚝이며 걷는 기한을 데리고 공장 안으로 들어갔다.

안은 어두웠다. 오직 빛 한 줄기만 새어 들어오고 있었다. 공장 안의 CCTV는 모두 망가져 있었다. 지켜보는 눈도 없었다. 동운은 기한을 바닥에 앉히고 다시 헬기로 향했다.

헬기에 도착했을 때 통제실로부터 연락이 왔다. 삼십 분 뒤에 지정된 2구역에 폭격이 쏟아질 예정이니 철수하라는 명령이었다. 기한을 처리하고 헬기로 빠져나가는데 삼십 분이면 충분했다. 오늘이 아니면 더이상 기회는 없을 것이다. 동운은 조종석 밑에 숨겨두었던 아타셰케이스를 꺼내 자신의 백팩에 넣고 다시 기한이 있는 곳으로 돌아갔다.

'여기서 모든 것을 끝낸다. 새롭게 태어나는 거야. 유일한 목격자인 기한을 없애고 불로초를 내 육체에 부으면 난 이제 죽음으로부터 자유로워질 수 있어.'

동운은 다시 기한을 쳐다봤다. 기한은 정면만 쳐다보고 있었다. 그 남자를 불길 속에 떨어뜨려버리긴 했지만, 동운이 이렇게 노골적으로 칼을 든 경우는 처음이었다. 하지만 더이상 주저할 수 없었다. 지금이 적기였다.

동운은 준비해둔 칼을 꺼냈다. 기한의 목뒤 신경이 연결된 곳을 한 번에 찔러야 했다. 그렇게 하면 리사이클러라 해도 기능이 멈출 수밖에 없다. 그리고 폭발로 인해 이곳이 파손된 것처럼 꾸미면 될 일이다. 시신과 파손된 리사이클러들로 가득한 거리의 공동묘지에서 그들이 무얼 찾을 수 있을까?

막상 칼을 쥐자 심장이 마구 뛰었다. 호흡도 거칠어졌

다. 동운은 계속 스스로에게 최면을 걸었다.

'지금 죽이지 않으면 며칠 뒤 세일이 찾아올 것이다. 쓸데없이 전기련에 맞선 멍청이들이 실토한 증거를 들고. 그러니 겁먹으면 안 된다.'

천천히 기한에게 다가갔다. 그리고 한 손으로 기한의 머리를 붙잡아 아래로 끌어당겼다. 목뒤가 드러나도록. 동운은 입술을 깨물고 칼을 치켜들었다. 지붕 틈새로 새어 들어온 한 줄기 햇빛에 칼날이 번뜩였다. 그 순간, 기한이 동운의 손목을 잡았다.

"뭐야! 어, 어떻게……."

동운의 손을 붙잡은 기한의 힘은 대단했다. 동운은 다리가 떨렸다. 천천히 고개를 들어올린 기한이 동운을 노려보았다. 동운은 칼을 떨어뜨리고 뒤로 나자빠졌다. 햇빛을 받으며 폐허 한가운데에 서 있던 기한이 천천히 동운을 향해 다가왔다.

"참 재수 옴 붙은 날이지."

칼날에 번뜩인 햇살이 기한의 눈으로 들어가 화염에 불타오르던 맨션 거실에 미치광이처럼 서 있던 그 남자를 불러냈다. 잊은 줄 알았던 악몽이 현실로 나타나자 동운은 뒤로 주춤했다. 기한은 동운이 떨어뜨린 칼을 주워 들고는 한 바퀴 휙 돌려 칼의 손잡이를 잡았다.

“재수가 완전 옴 붙은 날이라고. 그래도 그것만 있으면 돼. 그것만 있으면 모든 게 우리가 원하는 대로 돌아올 거야. 그럼 내 동생도. 우리 엄마도 아프지 않을 수 있어.”

더이상 기한의 목소리는 높낮이가 일정한 기계 같은 목소리가 아니었다. 그날 들었던 그 남자의 목소리였다. 하지만 그는 자신이 죽어서 리사이클러가 됐다는 사실을 전혀 인지하지 못하는 듯했다. 기억만 있고 아무것도 인지하지 못하는 시체와 다름없었다.

“그러니 돌려줘. 그러지 않으면 넌 절대 벗어날 수 없어.”

기한이 동운을 향해 칼을 휘둘렀다. 칼이 동운의 복부를 스치며 옷을 찢었다. 찢어진 옷 사이로 피가 새어 나왔다. 겁을 먹은 동운은 일어나서 공장 밖으로 내달렸다. 이제 기한의 시선은 동운에게 고정되어 있었다. 기한이 도망치는 동운을 쫓기 시작했다. 완전히 망가진 신체로 달리는 기한의 모습은 기괴했다.

동운은 시체가 즐비한 거리를 달렸다. 그러나 그곳에는 숨을 곳도, 도와줄 사람도 없었다. 거리엔 피범벅이 된 망자들만이 잠들어 있을 뿐이었다.

“그건 우리에게 필요한 거야. 우리한테! 내 동료들. 내 가족들. 빌어먹을 전기련도, 1구역 놈들도 아니라고. 바로 우리한테 필요한 거야!”

동운을 집요하게 쫓아오던 기한이 소리쳤다. 동운은 기력이 다해 더이상 달리기 힘들었다. 곧 있으면 폭격도 시작될 것이다. 그 순간 동운의 눈에 폐수의 강 너머 자리한 거대한 건물이 들어왔다. 양쪽 벽면이 유리로 이루어진 그 건물은 아래층이 넓은 부츠 같은 모양이었는데, 한낮의 뜨거운 태양에 번쩍이고 있었다. 동운은 그곳이 자신에게 남은 마지막 선택지라고 생각했다.

삼십 분이 다 된 듯했다. 귀를 찢을 듯한 사이렌 소리가 울리더니 폭격을 알리는 카운트 다운이 시작되었다. 동운은 차오르는 숨을 견뎌내며 강을 향해 달렸다. 기한은 동운을 곧 잡을 만큼 가까운 거리까지 쫓아오고 있었다. 동운은 더 다급해졌다.

—10. 9. 8. 7. 6. 5. 4. 3. 2. 1. 리모델링 시작!

카운트다운이 끝남과 동시에 무언가 대기를 찢으며 날아오는 소리가 들렸다. 그것도 잠시, 거리 위로 로켓이 하나둘씩 쉼 없이 떨어지기 시작했다. 매서운 폭발 소리와 거대한 폭풍이 일어났고, 사정없이 날아가는 파편들은 거리에 있는 모든 것을 파괴했다. 뒤이어 일어난 불길은 거리에 있는 것들을 모조리 태웠다.

"내놔! 당장!"

등 뒤에 나타난 기한이 동운의 어깨에 칼을 꽂았다. 동운은 비명을 지르며 어깨를 부여잡고 바닥에 나뒹굴었다. 쓰러진 동운은 드러누운 채 올려다보았다. 기한이 성큼성큼 걸어오는 게 보였다. 선명한 붉은 피가 날을 타고 뚝뚝 떨어지는 칼을 든 채로.

"우리의 계획을 방해하지 마! 그건 내 거야! 내놔! 어서!"

동운은 필시 광기에 가득 찼을 기한의 얼굴을 헬멧 때문에 볼 수 없었는데, 그게 더 기괴하고 무섭게 느껴진다는 것을 처음 깨달았다. 멀리서 연달아 떨어진 로켓이 점차 기한과 동운이 있는 곳으로 가까워져 오고 있었다. 기한의 머리 뒤로 폭발로 인해 불길이 치솟는 것이 보였다. 하지만 동운은 자신이 칼에 찔린 상처로 인해 죽게 될 거라고 직감했다.

"죽어!"

기한이 칼을 번쩍 치켜들고 달려들었다. 그 순간, 기한의 뒤쪽에서 로켓이 떨어지며 폭풍과 함께 파편이 둘을 덮쳤다.

정신을 잃기 직전, 짧은 찰나에 땅이 흔들렸고, 생전에 들어보지도 못한 강력한 폭발음 때문에 고막이 터진 듯 이명이 들렸다. 동운은 그대로 정신을 잃었다.

*

동운은 눈을 떴다. 얼마나 지났을까. 이상하게도 칼에 찔렸다는 느낌은 없었다. 하지만 더이상 몸에 힘이 들어가지 않았다. 하늘은 시커먼 연기와 날리는 흙먼지로 뿌옇게 보였다. 자신을 누르고 있는 것이 기한이란 것을 알아차리자 갑자기 몸서리가 쳐졌다. 있는 힘껏 그를 밀치자 기한은 버려진 마네킹처럼 땅바닥에 털썩 엎어졌다.

상반신만 간신히 일으킨 동운은 주위를 둘러보았다. 이곳에 공장들이 즐비할 때가 있었나 싶을 정도로 거리는 종말을 맞은 듯 텅 비어 있었다. 고개를 돌려 쓰러져 있는 기한을 보았다. 로켓의 파편은 정확하게 기한의 등에 꽂혀 있었다. 녀석이 입은 커핀 슈트는 갈가리 찢겨 있었다. 그 안으로 드러난 기한의 몸뚱이는 뼈와 썩은 장기들이 다 드러나 보일 정도로 처참했다. 이제 그 남자는 현실에서 사라졌다.

동운은 정신이 조금씩 돌아오기 시작했다. 이런 상황에서도 살아남다니. 부서진 유리 잔해에 자신의 모습이 비쳐 보였다. 피칠갑을 한 얼굴이 그을음에 덮여 비참해 보이기까지 했다. 오른쪽 발은 이상한 각도로 뒤틀려 있었는데 아무 통증도 느껴지지 않았다. 갑자기 심한 구역질이 났다. 동운은 바닥에 시커먼 피를 한참이나 토해냈다.

동운은 무언가를 찾으려 더듬거렸다. 주위를 둘러보니 백팩 밖으로 튀어나온 아타셰케이스가 보였다. 아타셰케이스는 아무런 손상이 없어 보였다.

동운은 양팔로 몸을 질질 끌며 힘겹게 기어갔다. 그리고 아타셰케이스를 손에 쥐었다. 몇 번이고 호흡을 가다듬으며 일어서려 했지만 되지 않았다. 어쩔 수 없이 아타셰케이스를 쥔 채로 기어갔다. 멀리 지평선 위로 부츠 모양의 건물이 있는 것이 보였다. 여전히 태양 아래 눈부시게 빛나고 있었다. 거긴 동운이 가려고 하는 곳이자 살고 싶다는 욕망을 이뤄줄 마지막 선택지였다. 그렇지만 지금 이런 상태로는 도저히 불가능했다.

동운은 부서진 잔해 속에서 그나마 남아 있던 기둥에 등을 대고 앉았다. 아타셰케이스를 자신의 다리 위에 올려놓았다. 자꾸 의식이 가물가물해지자 동운은 깊은 호흡을 내쉬며 정신을 차리려고 노력했다.

동운은 떨리는 손으로 아타셰케이스에 비밀번호를 입력했다.

'어디서부터 시작했더라. 011306. 아니, 011207이었나?'

잘 기억나지 않았다. 동운의 손가락은 무의식적으로 계

속 번호를 입력했다.

'011210? 아니야. 011209야. 다시 천천히. 차분하게. 난 여기서 죽지 않아. 그럴 리 없어…….'

동운은 희미해지는 정신을 겨우 붙들며 숫자판을 돌렸다. 태양은 어느새 동운이 가려던 건물 뒤로 사라지고 있었다.

잠이 몰려왔다. 주머니에 있던 각성제를 꺼냈다. 하지만 손에 힘이 없어 각성제가 바닥으로 굴러떨어졌다. 그걸 찾으려다 지금 중요한 건 저게 아니라고 다시 생각했다. 동운은 다시 비밀번호를 입력하려고 시도했다.

의식이 자꾸만 꺼졌다 켜지길 반복했다. 거부할 수 없는 피곤함이 몰려왔다. 한숨 자고 일어나 다시 시작할까 하는 생각마저 들었다.

'정신 차려. 이것만 열면 돼…….'

의지와 달리 눈이 감겼다. 거칠게 쉬던 호흡이 점차 잠잠해졌다. 숫자를 돌리던 동운의 손가락은 점차 느려지다 이내 멈춰버렸다. 날이 어두워지자 동운이 가려 했던 반짝이던 건물의 기괴한 몰골이 고스란히 드러났다.

에필로그

블랙컨슈머데이가 끝나고, 전기련은 리모델링이라는 명목으로 폭격으로 폐허가 된 2구역을 재건하기 시작했다. 물론 천문학적인 비용이 들었지만 그동안 도시를 위협했던 쥐새끼들을 박멸한 것만으로도 큰 성과가 있었다고 류신과 전기련 회원들은 판단했다.

사람들 사이에서 '저항세력'이나 '콜필드'라는 단어를 언급하는 것은 금기가 되었다. 그들이 어떤 최후를 맞이했는지 똑똑히 봤기 때문이었다. 들리는 소문에 의하면 전기련 감사팀은 저항세력 내에서조차 알려지지 않았던 저항세력 리더의 주거지를 찾아내 그를 사살했다고 했다. 그 정보는 누군가의 배신이 아니면 알 수 없는 것이었다.

모든 상황이 정리되자 전기련 홍보팀은 저항세력 리더

에 관한 대대적인 뉴스를 내놓았다. 뉴스에 따르면, 저항 세력의 리더이자 콜필드라 자청하던 그는 약물 중독자에, 망상에 빠져 도시를 지배하는 왕이 되고자 한 봉건주의자였다고 했다. 공장에서 만든 물품들을 빼돌려 사욕을 채웠으며, 그걸 목격한 사람들을 죽이고 그 시신들을 폐수의 강에다 유기한 살인마라고 했다. 또한 변태 성욕자였으며, 그가 숭배한 이들은 콜필드가 아니라 악마와 독재자였다고 부연 설명했다. 2구역의 가장 낮은 곳에 나타난 구원자가 타락한 악마가 되는 건 채 한 달도 걸리지 않았다.

몇 달 뒤, 뉴소울시티가 다시 일상을 찾은 어느 화창한 날 오전이었다. 세일은 자신의 사무실에서 선임대리와 함께 누군가를 기다리고 있었다. 테이블 위에는 한때 동운이 가지고 있던 아타셰케이스가 놓여 있었다.

곧이어 감사팀 분위기와 맞지 않는 화사한 복장을 한 젊은 남녀 두 쌍이 들어왔다. 그들은 남녀 두 쌍이 아니라 아빠, 엄마, 아들, 딸이었다. 이런 모습은 1구역에선 흔한 모습이었다. 착복식을 통해 젊은 육체를 유지하는 그들은 부모와 자녀가 비슷한 또래의 모습으로 살아가고 있었다.

"어서 오십시오. 부탁하신 물건은 찾아놓았습니다."

세일이 반갑게 인사했다. 가족은 세일의 인사를 받고 가방을 쳐다보며 호들갑을 떨면서 자리에 앉았다. 테이블을 사이에 두고 가족들과 세일, 선임대리가 별 의미 없는 담소를 잠깐 나누었다. 그들의 대화에 블랙컨슈머데이에 관한 건 없었다. 그들은 그런 일이 있었는지 몰랐을 수도 있다. 전기련 본부에서 약간의 소란이 있었을 뿐 1구역에 침투한 대부분의 저항세력들은 뭘 해보기도 전에 전멸했기 때문이다.

"열어보시죠."

세일이 아버지인 남자에게 아타셰케이스를 내밀었다. 남자는 아타셰케이스를 자기 앞으로 끌고 오더니 비밀번호를 입력하지 않고 손잡이를 잡았다. 약 3초 후, 환영 인사 같은 전자음이 들리더니 작은 모터가 돌아가는 소리가 났다. 이어서 두꺼운 걸쇠가 풀리는 소리가 들리며 가방이 열렸다.

안에는 파란색 액체가 담긴 네 개의 작은 투명 캡슐이 가지런히 놓여 있었다.

"변함없이 잘 보관되어 있군요."

가족들은 흡족한 표정을 지었다.

"외람되지만, 이걸 굳이 따로 보관하신 이유가 있으십니까?"

세일이 남자에게 조심스럽게 물었다.

"추억이죠. 우리 가족이 착복식 하던 날을 기념하려고 한 겁니다."

그들은 아타셰케이스 안 추억을 들여다보며 즐거워했다. 세일은 또다시 조심스럽게 질문을 던졌다. 어쩌면 실례가 될 수도 있는 질문이었다.

"이런 질문이 어떨지 모르겠습니다. 가방을 찾기 위해 주변을 조사하던 중 이상한 소문을 들었습니다."

세일의 질문이 끝나기도 전에 남자가 웃었다. 무얼 말할지 이미 알고 있었던 듯했다.

"저희 가족이 동반 자살했다는 소문 말이죠?"

괜히 곤란한 말을 꺼냈다는 생각에 세일은 민망한 표정을 지었다.

"네. 제가 생각해도 참 어처구니가 없었는데, 그 소문이 2구역까지 퍼졌더군요. 누가 그런 건지 참 면목이 없습니다."

세일이 사과하자 남자는 손사래를 쳤다.

"괜찮습니다. 그날, 화재가 발생하기 전에 저희 집에 강도가 침입했었습니다."

남자는 그날의 진실에 대해서 천천히 읊기 시작했다.

"이 가방을 달라고 하더군요. 괜한 소동은 일으키고 싶지 않아서 그냥 주려고 했습니다. 그런데 오해가 생겨서

싸움이 벌어졌죠. 그 과정에서 화재가 발생했고요. 그 강도는 큰 부상을 입고 기절했는데, 그걸 수습할 틈도 없이 화재가 커져 저희 가족은 건물 밖으로 대피했습니다."

대피한 남자의 가족들은 화재 이후 리모델링이 완료될 때까지 1구역의 다른 고급 맨션으로 가 있었는데, 살다 보니 그곳이 좋아져 리모델링한 집을 팔고 그곳에서 계속 지냈다는 것이었다.

"그게 와전되어 그런 소문이 난 것 같더군요. 어쨌든 제가 알아보니 그 강도는 저항세력의 조직원이었다는 소문이 있던데. 아마 가방에 대한 오해도 있었던 것 같고요."

남자가 말하는 가방에 대한 오해가 무엇인지 세일도 알고 있었다. 남자의 가족들은 화재 일주일 전에 이미 착복식을 했고, 대피 이후에도 바로 소도에서 착복식을 했기에 일상에 복귀하는 데 아무 문제가 없었다고 했다. 세일은 다행이라며 고개를 끄덕였다. 남자의 가족들은 여전히 가방에 대해 수다를 떨었다. 남자가 아타셰케이스를 닫자, 그제야 수다를 멈추고 남자의 가족들이 일어섰다. 그리곤 세일과 선임대리의 배웅을 받으며 사무실을 나섰다. 넓은 감사팀 사무실을 가로지르며 돌아가는 그들을 바라보고, 세일은 흡족한 미소를 지었다.

"팀장님. 그런데 저 가족이 추억이라고 한 파란 캡슐들

말입니다. 그게 정확히 뭡니까?"

선임대리는 아까부터 궁금했던 것을 물었다. 질문을 받은 세일은 피식 웃었다.

"저 가족들의 줄기세포야."

"줄기세포요? 그걸 왜 이렇게 보관하는 겁니까?"

"말했잖아. 첫 착복식을 기념하려고 만든 거라고. 착복식에 필요한 게 줄기세포잖아. 자기들 줄기세포니까 남들한텐 그냥 아무 의미 없는 거야. 그리고 저 가족의 메모리 패널과 복제용 줄기세포는 소도에도 있어."

선임대리는 불현듯 뭔가 해야 할 일이 떠올랐다는 듯 말했다.

"참, 팀장님. 제가 말씀드린다는 게 깜빡했습니다."

재킷을 옷걸이에 걸어두고 자리에 앉은 세일이 선임대리를 쳐다보았다.

"뭔데?"

"저 아타셰케이스를 쥐고 있던 남자를 찾았습니다. 그런데 발견했을 땐 이미 죽어 있었습니다."

보고를 듣는 순간 세일은 죽은 사람이 동운이란 것을 알았다.

"그런데 뭐? 다 해결됐잖아. 바퀴벌레들도 다 없앴고. 그 머저리는 죽었으니 끝난 거고."

"그 남자 시신을 지금 의료센터에서 보관 중입니다. 어떻게 처리할까요?"

세일은 자신의 책상으로 돌아가 모니터 패널을 켜고 업무 자료들을 훑어보며 무심하게 대답했다.

"어쩌긴. 재활용 해."

세일의 지시를 받은 선임대리는 팀장실을 나섰다.

세일은 무언가 기억나는지 잠시 창밖을 바라봤다. 1구역의 푸르른 녹지들이 눈에 들어왔다. 그렇게 잠깐 바라보던 세일은 다시 모니터 패널로 시선을 돌렸다.

한 달 뒤, 늦가을을 맞이한 에르트 대응 4팀 2유닛의 사무실은 다시 일상을 되찾고 있었다. 직원들은 여전히 장비를 정비하고, 리사이클러들에게 지시하고, 화풀이를 해대고, 보고서를 쓰느라 분주한 모습이었다. 에르트 본부 복도는 출동하는 팀원들과 복귀하는 팀원들로 엇갈리며 북적거렸다.

그 사이로 복도 한쪽에 설치된 리사이클러 충전 부스 안에 세 명의 리사이클러가 앉아 있는 것이 보였다. 그중 가운데 앉아 있는 리사이클러는 유달리 마른 체형이었다. 이 리사이클러의 오른쪽 발은 이상한 각도로 약간 뒤틀려 있었고, 전방을 주시하고 있었다.

마실 수 없는 오아시스를 갈망하는 것처럼.

영원히 잡히지 않을 신기루를 쫓는 것처럼.

작가의 말

"죽는 건… 어떤 기분이야?"

트릴로지를 마무리하는 시점에서 '작가의 말'을 쓰는 게 어떤지에 대한 스토리IP 팀의 제안을 받았을 때, 작가가 작품으로 얘기하면 되는 것을 따로 어떠한 언급을 하는 것이 불필요한 일은 아닐까, 걱정스러웠습니다. 또 한편으론 약간의 지면을 빌려 개인적인 이야기를 들려드리는 것도 의미가 있겠다는 생각도 들었습니다. 결국 쓰기로 마음먹었고, 그렇다면 무슨 이야기를 해야 할지 고민했죠. 쉽게 말이 떠오르지 않던 중 극장에서 영화 〈미키17〉을 보게 되었습니다. 거기서 미키가 끊임없이 받았던 저 질문이 제 고민에 대한 답을 주었습니다.

맞아요. 제가 쓴 이야기들의 시작은 늘 질문이었습니다. 그리 내놓을 만한 믿음 없는 기독교도인 저는 사후세계를 온전히 믿지 못하고 늘 죽음이라는 두려움을 품고 살았습니다. 우리 인생에 죽음 말고 약속된 것은 아무것도 없다는 어느 유명인의 말처럼, 죽음은 절대 피할 수 없는 인간의 운명이니까요. 그러다보니 죽음이 없다면 가족과도, 연인과도, 친구와도 고통스러운 이별을 하지 않아도 되지 않을까? 그런 생각들을 가끔 했었습니다. 유한하고 뜻대로 되지 않는 인생. 어찌해볼 수 없는 인생이기에 '만약 죽음이 없다면' 하고 말입니다.

트릴로지의 첫 작품 『취독』은 그런 상상에서부터 시작된 이야기입니다. 죽음이 없는 세상은 정말로 낙원일까? 죽음 없이 행복한 나날이 계속된다면 좋겠지만, 죽음이 사라져 영원한 고통 속에 머문다면 얼마나 끔찍할까? 그렇게 SF란 외피를 입은 제 질문에 관한 이야기를 시작하게 되었습니다. 인간 간의 불신으로 무너진 정의에 대한 해답은 인공지능밖에 없는 걸까? 인공지능이 완벽한 정의를 이뤄낼 수 있을까? 하는 질문 위에 수사물이라는 옷을 입힌 것이 두 번째 작품 『사사기』의 시작이었습니다. 그리고 인간이 사회 시스템의 소모품으로 전락한 세상은 어떤 모습일까? 하는 질문을 가지고 시작한 것이 세 번째 작품 『리사이클러』입니다. 이렇게 제 이야기는 늘 질문에서 출발했습니다.

저는 제 이야기가 결론을 정해 이래야 한다, 저래야 한다, 주장하는 프로파간다가 되길 원치 않습니다. 그저 함께 질문을 공유하길 원합니다. 우리에게 당면한 현실을 직시하고, 문제들을 외면하지 않고 각자의 답을 찾아가길 말이죠. 그것이 제 이야기의 무대가 대한민국 서울인 이유이기도 합니다. 아무리 SF소설이지만 판타지 세계가 아닌 우리가 딛고 선 현실의 장소가 배경일 때, 저의 질문들이 더 잘 들릴 거라 생각했기 때문입니다.

삼 년 동안 세 권. 작은 메모에서 출발한 '디스토피아 트릴로지' 집필이라는 여정을 마무리하고 나니 많은 것을 깨닫습니다. 특히 창작이란 건 역시 처음 계획과는 달리 늘 끝을 알 수 없다는 것을요. 그래서 예측할 수 없고 통제할 수 없는 창작이란 싸움을 끝내고 나면 늘 후회와 아쉬움이 남습니다. 그 때문에 처음 책이 나왔을 땐 한동안 잠을 제대로 이루지 못했습니다. 이제 소설에 대한 첫 도전을 이렇게 마무리하고, 수사修辭적 표현보단 직관적인 표현으로 이루어진 시나리오를 쓰는 삶으로 돌아갈 것 같습니다. 한동안은 그 감각을 찾기 위해 애를 좀 먹겠죠. 아무튼 제가 쓴 이야기가 세상과 만나는 경험을 하게 되어 행복했습니다. 첫 집필의 순간에는 원대한 계획과 야심에 가득 차기도 했었지만, 지금에 와서 저는 오직 제 책을 읽는 동안의 시간이 독자분들에게 조금이나마 가치가 있었기를 바랄 뿐입니다.

MIND MARK

2020년 신세계그룹이 설립한 마인드마크는 장르와 미디어를 넘나드는 앞서가는 크리에이티브 콘텐츠 스튜디오입니다. 영화, 드라마, 공연, 전시 그리고 출판에 이르기까지 마인드마크만의 오리지널 스토리로 전 세계 사람들과 만납니다. 마인드마크는 사람들의 마음과 기억(마인드)에 오래도록 남는 감동이자 잊지 못할 경험(마크) 그 자체입니다.

리사이클러

초판 인쇄 2025년 5월 13일
초판 발행 2025년 5월 23일

지은이 이기원
발행인 김현우
스토리IP팀장 서언중
책임편집 원예지
편집 박찬송

디자인 ARIA 2NS
마케팅 서언중 원예지
마케팅광고디자인 뉴스펀캐스트
제작처 영신사

발행처 ㈜마인드마크
출판등록 2024년 5월 9일 제2024-138호
주소 (06015) 서울 강남구 선릉로162길 35(청담동)
전화 02-2280-1301 **팩스** 02-2280-1398
이메일 mindmark-story@shinsegae.com

ISBN 979-11-988149-6-8 (03810)